椿宿之事

梨木香步

譯者 蘇文淑

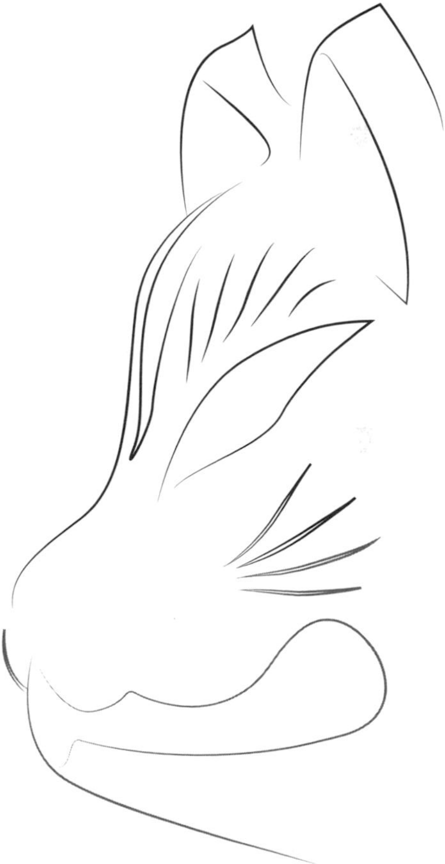

椿宿之事——目次

冬雨

冬天的雨，就算只下半天或那麼一會兒，只要不是讓人撐著傘寒得僵進了骨子裡的雪雨，無疑反而是個洗滌空氣、涮去天地塵埃的好機會。但要是一下就一整天，到了傍晚人也萎了，更何況我這人本來就有憂鬱傾向，消頹得特別快。

我搭上電梯下樓，打算回家。一往研究所出口方向走，眼前霍然開闊，同時也感覺旁邊射來了一股令人心慌慌的視線。那視線，來自於貼滿了整面大廳牆面的本季新品海報上的模特兒，全都是同一人。那人的眼神中有種不安定，不是在獻媚，也不是在挑釁，而是彷彿在跟我傾訴些什麼。可是我只覺得自己好像突然被人塞進了一大堆無法解讀的密碼，就算她死命盯著我瞧，我也解讀不出她到底想要些什麼。她那張長相應該是現在最時髦的沒錯，畢竟是那一行的專家挑選出來的，不過被那樣的臉孔團團圍住，實在讓人心慌無措。我每次要經過這兒時總是快步通過，不過她是真的很美。我們這兒雖然是研究所，但由於直屬於某化妝品牌底下，才有這樣不同於一般研究所的時尚氣氛。

我自己原本念的是農學院的畜產學系。每次這樣一講，大家都會努力想在化妝品與畜產這兩種南轅北轍的領域間找出共同點來把話接下去，連眼睛都忘了要眨。他們的反應很正常，而我要解釋也很花時間，所以都會趕緊轉移話題。其實我只要簡單說明「我原本從事的是痛癢知覺研究，後來轉移到敏感肌膚研究」就好了，但有些人好像會因此被挑起好奇心，開始一個問題接著一個問題發問，接著話題就會愈聊愈尷尬。

你在研究室都做些什麼啊？

老實說，要回答這問題，以我這麼不擅長說明的性格肯定會陷入筋疲力竭的窘境，不管這情況碰到了幾次都一樣。

研究所時期，我們研究室裡有人想透過基因操作來培育出對於痛楚遲鈍的家畜。一開始我只是在旁邊看他們做，當然心底多少也有點狐疑，但當時只是覺得要是沒有痛覺的話，在處理肉品時，無論處理者或是被處理者都會比較輕鬆吧。後來稍微幫忙打雜了一下，到頭來自己也成了那團隊的一員。那實驗最後沒有成功，不但如此，還被發現我們在做這實驗的動保組織跟宗教人士等各方面團體施壓抗議。他們說創造出沒有痛覺的生物是擾亂了生物自我保護的本能，如果生物不畏痛楚，便會不怕受傷，最後便會一直受傷，簡簡單單就死掉，有這些倫理上的重大議題，悖德不敬。後來甚至還有應該是國外軍事相關單位的人來跟我們接觸（難道是妄想量產不會怕痛的士兵？）。原本性格就軟弱的教授在承受不了壓力下解散了團隊，我也因此沒拿到任何學術界的職位。鬱鬱寡歡之際，一個在化妝品公司裡研究敏感肌膚的前輩來找我過去，於是進了現在這單位。原本我就一直從事痛癢知覺方面的研究，前輩來找我並不算找錯對象，更何況我本身就很怕痛，對於生物如何感知痛楚又為何會覺得痛楚消去的機制抱持了濃厚興趣，只是一進公司就被分配到化妝品部門這點……還是出乎我意料之外。

像這樣的經歷，到底要怎麼輕描淡寫才不會讓提問的人陷入牽扯了他自我人生觀的泥沼之中呢？聽的人辛苦，答的人也累，可以的話我完全不想談論這話題。

在本季專屬模特兒那不安定的眼神散發出來的不安定笑容目送之下，我走出了皮膚科學研究所，往公車站的方向前進。川流而過的車流頭燈映照出了雨絲，接下來，我要去我叔叔家找我堂妹，我們自從我父親喪禮過後就沒見過面了。今天要談的話題可能會有點沉重。她家離這兒不遠，搭公車連轉車都不用。

公車來了，可是我提不起勁上車，感覺全身像吊了一百個鉛球那樣沉重。其他乘客陸續上了車，連最後一個人也上去了，我還是不想搭。車門關起，公車再度出發。我看著揚長而去的車屁股，陡然間右臂竄上一股劇痛。

每次疼痛這警報響徹了體內，我就感覺好像組成自己這片大地的地表底下有什麼東西正在劇烈搖晃一樣。講得誇張一點，就好像是組成自己這個人的存在根柢般的東西正在崩毀一樣。我想是疼痛撼醒了老早就存在我這個人體內的「不安」吧，真麻煩。

我走到路旁，把公事包夾在腿間，用左手操作手機打了電話去常去的疼痛科診所。那兒採預約制，離我下一次回診時間還早，但今天門診時間也快結束了，我猜應該沒什麼病人了吧？我說忽然手疼，可不可以臨時過去？已經認得我的那位櫃檯小姐說請等一下，她問一下醫生，之後播放了一陣子嶄新的等候音樂（不曉得是什麼曲子），等她再度拿起話筒時，果斷地告訴我沒問題，醫生請我過去。我本來就有把握百合子醫師一定會這麼講，心底稍微放鬆了一點。

那種「存在根柢好像就要崩裂般的不安」，從以前就像這樣，靠著每一次偶然找到的「浮木」撐呀撐地撐了下來，直到今天。

因為寫論文的關係長時間面對電腦，要說是造成此次怪痛的原因倒也無可推托。一旦想不出來該怎麼寫，我的手便會懸空在鍵盤上不自覺地用力，就像是在等候「預備～跑！」的選手一樣，一心苦等腦中浮現該浮現的字眼。這情況一久了，從掌指關節到手肘一帶開始隱約感覺得到不太舒服的疼痛，後來那痛從手肘蔓延到了上臂，最後傳到肩膀，一步步侵城掠地。

某天晚上，從肩膀到手腕一帶疼得我徹夜難眠，連睡也不能睡，總之不管碰到了什麼地方都痛。那之前幾天已經有了一點徵兆，我在電車裡不小心跟別人撞到手臂或肩膀的時候馬上疼得我幾乎要跳起來，連那種程度的擁擠狀況都慘成那樣了，要是碰到擠得像沙丁魚的時候該怎麼辦？我一想到這就心情黯淡。那天晚上，我躺在床上，身體觸碰到床墊的地方全都疼得不得了，改為側睡嘛，沒碰到床墊的地方照樣很痛（雖然比起碰到時好一點）。就那樣翻來覆去，一個不小心往上仰躺之際，全身疼得差一點冒出了濕答答的冷汗，我忍不住哀號的時候，渾然想起家裡有本地區刊物上有份鄰里醫師特集，趕忙從床上起身，像爬的一樣爬去客廳把那本差點就要被丟掉的地區刊物給翻出來，發現居然就在車站後頭有家疼痛專科診所，馬上決定等天一亮就要立刻去看診。

我事前也沒打個電話去預約，直接衝去門診，但百合子醫師並不以為意，依然幫我看診。她對我的狀況深感同情的那副神情令我的不安緩解了許多，她人很纖瘦，看來大約五十來歲，但表情仍似少女。

我本來以為自己得了腱鞘炎，但百合子醫師確認過我右手無法舉高的狀況後，滿臉同情地對我說：

「是沾黏性肩關節囊炎呢。」

「咦？」

「就是人家說的五十肩或四十肩。」

可是我才三十幾歲耶。我一說，她立刻又很同情似地：

「年輕人也會得哦，最近很多這種例子。」

管他到底是什麼病名，痛成了這樣，不想個辦法解決不行。

那一次，肩關節的地方打了玻尿酸跟止痛劑，肩胛骨則做了神經阻斷注射。把我整得死去活來的痛楚在那之後確實有點好轉，但我依然沒辦法仰躺睡覺。第二次去時，跟百合子醫師回報說我情況稍微有點改善後，她馬上笑得好像真的很真心寬慰的樣子，接著跟我說「我想讓你試試星狀神經節阻斷術」。

星狀神經節阻斷術。我知道那是什麼，那是在脖子底部類似交感神經聚集處施打局部麻醉，以暫時阻斷交感神經來促進血流循環、促進各器官恢復原有功能的治療法。只是部位有點敏感，施打時位置稍微偏了一些就……。所以至今我一直敬而遠之，但要是百合子醫師幫我打的話，我感覺好像可以信任她。

我永遠忘不了初次打那針時那種快要讓人窒息的悶痛感，好像哪裡的器官忽然被吹進了一股氣，很憋。那種窩憋的壓迫感很快就從頸部傳達到了肩胛骨，立刻讓身體查知情況有異而警報大作，但很離奇的是，原本右手碰觸到治療床時會痛的部位卻忽然不痛了，簡直像開玩笑一樣。

當下的疼痛雖然有了戲劇性改善，可惜卻沒有全好，我於是開始定期去疼痛科回診，持續追蹤。但像今天這樣沒預約就直接跑來還是第一次，除了頭一回之外。

候診室裡已經沒什麼人了，我跟櫃檯打了招呼後，很快就叫到了我的名字。我脫下大衣，打開門診室的門，百合子醫師果然立即從椅子上探出上半身問道：

「怎麼啦——？」

她眉間蹙起了直紋，滿臉憂心，這個人真的很關心病患。

「我右手忽然痛得很厲害，今天本來有事一定要搭公車，但我那樣根本沒辦法搭上那麼擠的公車，只好臨時打電話來。」

其實順序有點相反。我並不是因為手痛而沒上車，而是沒上車之後才開始手痛。不過那不是重點，現在重點是我很痛。

「我知道了，你先到治療床那邊吧。」

我起身打開通往治療室的門，跟已經面熟的護理師點點頭。對方指著一張空床說：

「您是右邊吧？請來這一張床。」

其他床上躺著已經打完針，正在休息的病患。我把外套也脫掉，跟包包、大衣一起放進腳邊的籃子裡，爬上床朝上躺好，並且把領口也鬆開，以便百合子醫師待會兒打針。

護理師用沾過消毒水的棉球擦拭過喉頭時，一股涼意掠過，最後，戴著口罩的百合子醫師以她纖細的指尖幫我確切找到了那定點，插入了針頭。一陣現今已習慣的悶疼感湧上，再過一會兒，從交感神經掌控下解脫的身體右半部浮現出昏昏欲睡的昏沉感。啊——海子，堂妹現在應該在等我吧？不禁焦急了起來。

說來這次的事一開始是因為老家房客鮫島先生來了一封信。說是老家，其實我也沒在那兒住過，我家人從曾祖父母那一輩便離開了家鄉。戰時，曾祖父母與父親曾回去避難過一陣子，之後那房子便一直租出去，不過我家人如今提到家鄉時還是習慣說是「老家」。對於鮫島來講，那房子雖是租的，但從他祖父母那一輩算起也租了五十幾年了，應該早已當成自己家一樣了吧。鮫島還年輕（我一直隱約覺得他應該跟我差不多年紀，結果也幾乎正確），最近因為工作問題必須搬家，他在信上這麼說——

「最早跟您們承租房子的我祖父母早已不在人世，我父親也在幾年前過世了，現在只有我跟我母親以及太太同住。我不可能把我母親一個人留在這裡，會帶著她一同搬家。我自己就是在這房子裡出生，我母親也在成家後一直沒離開過這裡，要搬走實在很捨不得。可是我們也沒多餘財力承租一棟沒有居住的房子，因此這次想跟您們結束租賃契約。」

簡單來說，差不多就是這情況。

那邊的房租跟大都市相比其實非常低廉，我們也幾乎沒漲過價，畢竟那房子興建年份不詳，是幢老屋了，雙方都有默契，既然租金這麼便宜，維修費用就給對方負責了。我以前還想過好幾次要不要乾脆把那房子賣給他們，但每次一浮上這想法，腦中便浮現我祖父一臉愁苦——「那房子不能賣」——的表情。每次一想到他那表情，就覺得再繼續想下去實在煩死了。

但現在這問題不解決不行了。問題是我現在腰痛、頭痛、四十肩還兼憂鬱症，講含蓄一點，我現在光是顧好自己的身子就已經耗光了我所有氣力，更別提還得做實驗、寫論文跟完成各種因為職場人際關係而不得不接下的工作，在這之外，再多來一個我都已經無力消受。

我的名字叫做佐田山彥，這是平常人家叫我的方式，全名是佐田山幸彥。佐田是姓，山幸彥是名字。既然有山幸彥，當然也有海幸彥，比我晚兩年出生的我叔叔與嬸嬸的孩子，更慘的還是個女孩，本名叫做海幸比子（發音同海幸彥），自稱為「海子」。其實不是我們兩人的父親約好了要這麼取，而是我祖父的計謀，他希望能在正月初一坐在榻榻米上，朝著兩個孫子喊「山幸彥啊海幸彥啊」，就只是出於這種動機而已，大概是覺得喊起來很吉利吧。不過他一開始，似乎只是忽然想到「山幸彥」這名字而已。[1]

難道沒想過把小孩取成這種名字可能會影響這剛出世的孩子一輩子的人生嗎？我祖父沒有兄弟姊妹，也不對，他算是次子，長子還沒出生就死了。也就是說，我曾祖母流產了。我為什麼會清楚這麼久遠的家族往事，在於我祖父家裡這個「打一開始就已經死掉的哥哥」被當成了一個真正活過的孩子一樣受到重視。我不知曾在家族聚會上聽說過幾次，聽說我曾祖母以前的口頭禪就是「要是道彥還在的話……」，是啊，他們給流產的孩子取了名字呢。

我祖父的人生大概也不是過得很容易吧，他在戶籍上明明是長子，卻被當成了次子一樣對待。我們如今很難想像，從前長子跟次子受到的待遇是天差地別，無論在任何事上。如果對方

1. 日本神話中海幸彥與山幸彥是對兄弟，海幸彥是哥哥，擅長釣魚維生，靠海吃飯；而山幸彥是弟弟，擅長用弓箭打獵，靠山吃飯。發音上，山彥為やまひこ／Yama-hiko，山幸彥為やまさちひこ／Yama-sachihiko，海幸彥為うみさちひこ／Umi-sachihiko，同海幸比子發音。海子則為うみこ／Umi-ko。

還在，還有機會超越他，但問題是人都已經被理想化成了一個神話般的存在，你要怎麼與之對抗？

我祖父之所以會那麼鍾情於神話故事裡弟弟的角色比較活躍的故事，恐怕也是出於這個緣故吧？既然如此，為何不要把他自己的孩子取名為神話主角的名字呢？我曾這樣質問他，但他只說他那時候沒想到。後來我出生了，發現是個男孩，便決定要把我取名為「山幸彥」，而且有事沒事就那麼喊看看，這麼一喊，覺得出乎意料地爽快，於是開始覺得有哪裡不太完整了，無論如何就是想在山幸彥的後頭接著喊「海幸彥」，在無法壓抑這份衝動之下宣布要把下一個孫兒取名為「海幸彥」，不管是男是女。原本山幸彥是弟弟，海幸彥才是哥哥，把我取名為山幸彥的那一刻順序就已經搞反了，可是好像沒有人質疑過這一點。大家可能以為那只是祖父一時的突發奇想，就只有那麼一次而已吧？弟弟山幸彥是神話的主角嘛，祖父可能只是想取個神話主角的名字而已，沒有想到長幼順序那麼多。

但不管長幼順序或什麼，取個那麼背離時代氣息的名字，這事本身就應該受人質疑。父親後來這麼說過。可是他又說，因為那名字實在太荒謬了，所有人聽到時都傻了。

傻了，所以也沒人再多問什麼。我父母親跟叔叔嬸嬸還真的是兩對很離譜的聽話夫妻，但我祖父也算是才學知著的學者，一直備受學生與家人敬重。一個平時萬事隨和的人忽然提出的任性要求，就是想幫自己孫子取名字，我家人嚇傻之餘也不曉得該怎麼應付，只好讓命名這件事繼續進行下去。因為祖父從不曾對家人提出任何不合理的要求，家人也從沒機會建立起當發生這種突發狀況時該由誰來勸阻、誰來說服的各種應變準備。

當年我進入思春期時，父親曾安慰過我說，總是比取成「火遠理命」來得好嘛，又嚇唬似補了一句「萬一取成了『彥火火出見尊』，那不是更慘？」火遠理命跟彥火火出見尊都是山幸彥的別名，火遠理命出現在《古事記》裡，彥火火出見尊出現在《日本書紀》。我反駁說要是取成那樣，宮內廳才不會坐視不管呢，就算不是宮內廳，相關單位也不會放任不管啦。父親說，你還好，你要想想看，海子怎麼辦？

當時我不曉得該反駁他不要隨便轉移話題，但一想到海子，的確讓人無語。我祖父當年不知道是不是憑藉著老年人的直覺，直覺要等到下一個男孫出世，可能這輩子真的等不到海幸彥了。我跟我堂妹還真的從小就一直是獨生子獨生女，要說我祖父是神機妙算，也算是神機妙算。我儘管同情堂妹，但在神話角色裡，我對海幸彥這主角更有好感。山幸這名字會讓人聯想到山師[2]，而且在《古事記》裡，山幸彥身為海幸彥的弟弟，氣度狹小，總是節外生枝把事情搞

2.山師是山林礦脈採伐者，由於勾結土地利益，後被引申為投機者或騙子。

得很複雜，是個讓人頭疼的「神之子」。

海幸與山幸是日本神話中天照大神之孫「瓊瓊杵尊」與女神「木花開耶姬」的孩子，海幸一出生，就帶著釣魚用的釣具，山幸一出生，就帶著狩獵用的弓箭。有一天，海幸無論如何就是很想學哥哥去海裡捕魚，於是拚命說服不願的山幸交換了工具與各自統御的地盤，只可惜換了專業之後，兩人就只是兩隻無頭蒼蠅而已。捕魚的也捕不到魚，打獵的也打不到獵。最後，海幸把工具還給山幸，訓誡祂應該回到各自擅長的領域，但山幸在捕魚時慌亂之間把海幸的魚鉤給弄丟了，只好毀了自己的劍，改鑄成好幾百個魚鉤還給海幸，但海幸並不接受，畢竟祂是個一輩子都在捕魚的漁夫，對魚鉤這種工具應該很講究吧。

本來祂們的父親瓊瓊杵尊就是個度量小又愛猜忌的神。瓊瓊杵尊的妻子告訴祂懷孕消息時，瓊瓊杵尊非但沒有欣喜欲狂，還冷言冷語懷疑妻子不貞，說該不會是別的神的孩子吧。盛怒之下的妻子，於是一把火燒了產房，說怎麼樣呀，要是能在這大火中平安出生，肯定就是天神祢的孩子吧！這位妻子真是比瓊瓊杵尊嶔崎磊落多了，可是問題是，這難道不又是一個性格激烈到離譜的傢伙嗎？

既然是這對夫妻的孩子，當然也就無法期待這對兄弟的性格能有多麼寬容穩當。山幸遲遲得不到哥哥原諒，噙著眼淚不知如何是好地在海邊徘徊時，遇見了鹽椎神（鹽椎神在這種情況時通常會以烏龜形貌出現），在鹽椎神指引下，去了綿津見神的海底神宮，與綿津見神的女兒豐玉姬成了親。但山幸心中遲遲忘懷不了家鄉，在綿津見神的安排下，終於找到了被鯁在赤鯛口中的那根海幸的魚鉤，才又再度回到了陸地上。

問題是接下來……

「真是不好意思，跟祢借了那麼久。」——明明這樣爽直地道個歉把魚鉤還回去就好了，山幸卻聽從綿津見神的建議，把魚鉤拿在背後偷偷唸咒地還給海幸——願祢憂悒寡歡、心神不寧、窮困潦倒、蠢不可及等等。這個綿津見神也真是的，好的不教教壞的，祂是掌管水路的神，後來更阻斷了流往海幸田裡的水，實在惡劣至極。

這可憐的海幸，當然也就日漸貧困、心性紊亂，當然也就一天比一天更自暴自棄，可想而知後來祂就去找山幸算帳了。這山幸正苦等著祂上門呢，立刻拿起了綿津見神給的潮盈珠，喚來海水淹沒了海幸，等海幸苦苦掙扎求助時，再用潮盈珠退去海水拯救祂，之後再度淹祂，然後再度救祂。就這樣又淹又救地，不斷戲弄祂，以戰術來說，實在很陰險，更何況哪有什麼戰不戰，這海幸根本什麼壞事都沒做，講白了，山幸就是在霸凌海幸。

最後，海幸在身心俱疲下表示今後一切順從弟弟，這其實就是一種受虐時會產生的心理狀態，看來從諸神的時代起，情況就沒變過。

到底為什麼山幸要這樣欺負海幸呢？

海幸明明不願意，卻硬逼祂拿弓拿箭，還弄丟了祂珍貴的魚鉤。那是祂珍貴而獨一無二的魚鉤啊！也難怪祂要生氣了。祂實在應該生氣，假如是一個有所堅持的漁夫的話。大家應該能理解我為什麼會想站在海幸這一邊了。

同一時間，懷了身孕的豐玉姬為了追尋丈夫，也跟著追上了陸地。豐玉姬在陸地上蓋了產房準備生產，可惜還沒鋪完屋頂，陣痛就來了。她臨進產房前對著山幸千交代萬囑咐，「碰到生產這種生死關頭，就算是我也會被折騰得面目猙獰，請您千萬不要看，千千萬萬不要窺探。」都叮囑到這個地步了，山幸還是忍不住犯禁偷看，到底為什麼祂妻子都說到了那個份上，祂還是壓抑不了自己的好奇心呢？

結果山幸看見一尾飽受分娩之苦而掀騰打轉的龍，被眼前的恐怖景象嚇得拔腿就跑，真是個一點可取之處都沒有的神哪！那豐玉姬大概也是死心斷念了吧，把剛生下來的孩子丟著，就自己跑回去綿津見國了。

個性幼稚、沒耐性、陰險多詭計、毀約無信又度量狹小。

我明明知道自己不是這樣的人，但我小時候一看見我堂妹，就忍不住亂喊她「梅子、梅子[3]」。周遭大人看我那樣，還自以為是地分析「山幸在欺負海幸嗎？」「沒有啦，他在鬧著她玩而已」，我聽得都無趣了，於是漸漸疏遠堂妹，不再跟她玩。要是我們兩人能像兄妹一樣陪伴彼此長大，也就沒事，只可惜我們兩人的父親不是特別意氣相投的兄弟，平時也不常來往，我堂妹也不特別黏我，自從我祖父過世後，兩家人更是連過年都不團聚了。

為什麼我只不過是收到鮫島的一封信，就對自己的名字這樣大發感慨？因為我在信末以及信封的背後看見了我長久以來都不知道的鮫島底下的名字。

鮫島宙彥

這應該唸成そらひこ（Sora-hiko）嗎？

我怎麼會從來都不知道這人的名字？我父親是在兩年前過世的，那時老家的租賃契約由我承接，但我根本沒仔細看過。不，應該稍微瞄過了一下，但完全沒看進心裡。我急急忙忙在文

3. 梅：うめ。海：うみ。這裡是小孩子無聊的趣味。

件架上翻找，總算找出了那份租賃契約。

承租人原本一直寫著他父親的名字，他父親過世後的版本更新成了他母親的名字，所以我沒注意到也算情有可原吧，我心想。接著隨意翻看，一個不小心嚇傻了自己，就在同居人欄位那裡，寫著長男——

鮫島宙幸彥

そらさちひこ（Sora-sachihiko）？是這麼唸嗎？

我到底應該怎麼想才好？

鮫島父母親聽說了我們的名字後，想把自己孩子也取成一樣的系列？不可能！我每次報出自己名字後，從來只有被同情的份，沒有人會羨慕我。偶有幾次，被人讚美真是個好名字呀、好高雅呀什麼的，但那是因為不是自己的名字才有辦法那樣稱讚，我不覺得他父母親會真心欣賞這種怪名字。

能想到的可能性只有一個——這事跟祖父脫不了干係。雖然不曉得他是直接參與或者間接影響，但這樣一來，陸、海、空不就集全了嗎？可是為什麼他會有那麼大的影響力，能影響那對可憐的租屋夫妻？

難道說……鮫島跟我們有血緣關係？

為了要解開這個謎，我必須跟宙幸彥連絡。不對，在那之前，應該先跟海子連絡一下，看看她知不知道點什麼。

所以我才會打了電話給久未連絡的海子。

「佐田先生，還好嗎——？有沒有哪裡覺得不舒服的？」

護理師安川小姐問我。

「還好。」

我挺起上半身。

「啊，你慢慢來、慢慢起來就好，不要太勉強。」

麻醉還沒全退，身體還顛顛晃晃。

「謝謝妳，輕鬆多了。」

「是嗎？太好了。」

護理師安川小姐年紀比我大，跟纖細的百合子醫師是完全不同的類型，給人溫厚而輕鬆的感覺，這些大概都是我會繼續來回診的原因吧。初診時，百合子醫師看著我的病歷表時說了一句話，我至今難忘。病歷表上，很理所當然記錄了我的名字。

「山……幸……彥先生？」「是，是本名，不過大家都叫我『山彥』。」「山彥？那不就是『木靈』嗎？很美的名字呢。」[4]

我也覺得她很美，毫無疑問。

從診所回家的路上，意識還恍恍惚惚，平時我很享受這種感覺，但這時忽然想起得跟海子連絡。一想起這事，剛忘卻的手疼又再度來犯，疼得我閉緊了眼睛、死咬牙根。才剛治療完，怎麼會又痛成這樣呢？隨即而來的，那股「不安」也甦醒了。那「存在根柢好像就要崩裂般的不安」，好不容易才靠著百合子醫師的存在而稍微減輕了一點，現在疼痛卻以這種方式再度來襲，難道說，百合子醫師的存在也快失效了嗎？

如果能把這種快逼得人哭喊出來的不安給消除掉，或許我還能單純熬過疼痛這現象，不，或許是因為想要熬過不安，才會逼出疼痛現象，疼痛與不安的關係或許遠比我所想的還要複雜，可是我現在沒那麼多閒功夫去探索這兩者之間的關係。

冬日的雨依然下個不停，入夜後也還依然雨絲紛紛的這股冷寒靜靜、靜靜地侵襲了這世界。總之，四十肩這情況一定得趕快想辦法解決才行，我才三十幾歲，怎麼會就得了四十肩呢？從小人家就說我是個老起來放的小孩，祖父就常說我長得實在很像他父親，而他父親——豐彥——在他的眼裡看來應該也年歲很大了吧，畢竟他是曾祖父上了年紀後才喜獲的麟兒。可能因為從小就被人這麼講，我在心境上也不知不覺就老了吧。

一回到家，電話正鈴聲大響，我趕緊連大衣也沒脫就一把抓起話筒，果然是海子。

「我一直在等你耶——」

「啊啊，不好意思，我今天人有點不舒服。」

「感冒啊？」

「不是。」

「那怎麼了？」

「就……有點憂鬱。」

「……」

4.日本人稱山谷回音為「山彥」，並認為其中一種是由住在樹木裡的精靈「木靈」所造成，同時山彥也是山神別稱之一。

「而且我還得了四十肩。」
「你還沒四十歲吧……，你才大我兩歲而已耶。」
「還沒四十，但已經四十肩了。」
「不能來就算了，至少你也要打個電話啊。」
「是啊，真抱歉，但是我……」
「憂鬱嘛。」
「是啊，今天實在沒精神。」
「那你本來想來我家幹嘛？」
「就是老家的事啊，妳知道有人跟我們租了老家那房子吧？」
老家——只要這麼說，她就知道我說的是鄉下房子。
「知道啊。」
「那家人說要搬走了。」
「喔——」
海子的聲音聽起來很沒勁，明顯對這話題沒興趣。
「然後給我寄了信來。」

「嗯。」

「我才知道他的名字叫做宙彥。」

「宙彥……」

所以呢？她的聲音聽起來就是這個反應，不過可能因為久未連絡，她目前還對我保持著耐性。

「所以我就去查了一下租賃契約書，發現他的全名叫做宙幸彥。」

「噢～～」

這個「噢～～」的尾音聽來稍微拉長了一點，而且聲線比較低。

「是啊，所以有海幸彥、山幸彥，現在還有個宙幸彥。」

「可能只是那時候流行吧。」

「怎麼可能？怎麼可能流行取這種名字？」

我忍著沒說「妳應該很清楚吧？妳明明是個女孩還被取了這種名字，應該比我更清楚才對」。

「我還看了他的生日，比我晚一年、比妳早一年，所以如果只是流行取這種名字的話，應該會取名為海幸彥才對吧？」

「可能只是祖父那時候到處宣傳說他下一個孫子要叫做海幸彥，人家不好意思搶了我們的名字而已吧。」

「鮫島家跟我們家有那麼熟嗎？我記得我們兩家幾乎沒什麼來往耶。」

「我說山幸啊——」

從前祖父還在時，心情一好就會這樣喊我們——我說海幸哪、山幸哪。

「怎麼樣？」

「你真的很憂鬱嗎？憂鬱的人不會這樣子吧？你怎麼會對這種事這麼好奇呢？你這絕對不是憂鬱，你放一百二十個心吧你！」

「我真的是憂鬱，基本上，而且有時候還帶點躁鬱。算了，先別管我的事，妳知不知道點事情？關於我們家跟租屋的鮫島家有什麼關係？」

「我不知道耶，我媽也睡了。不過我記得海幸山幸那神話裡頭，兩兄弟之間還有一個神才對。」

是啊，我就是在意這點。果然海子也對這神話故事很熟悉。

「嗯，好像不存在的那個兄弟。」

「是啊。」

海子回了這句話後，沉默了一會兒，接著似乎想起什麼。

「我說山幸哪——」

「嗯——？」

我不禁拉高了聲線。

「你要是四十肩的話，我知道一個很棒的針灸師，你可以去看看。」

「心領了，不過我現在正在一家疼痛診所回診。」

「那跟那完全不一樣，不同手法啦，所以你不用擔心兩者會重複。」

「是嗎？」

「其實我現在就在那邊看。」

「妳怎麼啦？」

「哎，說來話長，下次碰面時再說吧。」

祖父過世後，他住的房子由海子的父親繼承，鄉下老家則過戶給了我父親。海子的父親正在住院，所以原本祖父那房子裡現在只住了海子跟她母親。

針灸……？

像是對這字眼起了反應一樣，手臂再度犯疼，同時跟彷彿從地底下攀纏上我身上的「存在根柢好像就要崩裂般的不安」一起手牽手，襲向了我。

堂妹海子訴疼

一早起來，就感覺上臂發熱脹痛，有種倦怠的疼痛感，也許只是睡時沒察覺，其實身體一整天都在接收這些疼痛的訊號，待意識一清醒，便立刻察覺，而一旦察覺了，便開啟了整天都要被這種絕對力量支配的分分秒秒。我忽然想伸個懶腰，肩膀一不小心用力，立刻感覺到一股不同於尋常的劇痛。說來疼痛就像是一種生活裡的連續低音，而劇痛則是其間不時穿插的銅鑼巨響吧，當那巨響霍然炸遍了身體內部，整個人只能被它震得停止思考與行動，站也站不直、吭也吭不出聲，只能一逕咬牙忍耐。這種連稍微動一下都沒辦法的窘況會連續持續個好幾分鐘，從前甚至連睡著的時候，那銅鑼也會肆無忌憚地大響特響，這樣想的話，現在雖然心神不安的情況依舊沒有好轉，疼痛方面倒是稍微輕鬆了一點。

平時家裡就只有我母親跟我兩個人住，大約一個禮拜之前，她回去娘家幫忙照顧病人。當時這件「調派」工作決定下來時，她雖然表面上表現得好像很在乎我的想法，但明顯雀躍不已，當然嘍，比起跟一個三十多歲、整天被抑鬱跟疼痛搞得苦瓜臉苦到了骨子裡的兒子一起生活，回娘家雖然要照顧病人，至少整天看見的都是意氣相投、性格各異的面孔，自然快活多了。

鮫島那封信是她回娘家後才寄來的，我當然馬上打了電話給人在娘家的她，問了那一家人的事，但整通電話講下來，一點收穫也沒有，唯一確切接收到的訊息只有她對於鮫島一家人是多麼沒興趣，以及（她自以為）她在娘家有多受人仰賴。我說「不然您就在那邊多待一陣子吧，反正我在家裡也沒什麼問題」，她馬上像拿到什麼免死金牌一樣開開心心掛了電話。

不起來洗臉不行。

可是地球好像在我周遭設定了比在其他地方更沉的重力，搞得我渾身沉甸甸，等劇痛稍微緩了一些後，我還是維持原本姿勢不動。

不想動。

不覺得我能動。

就這樣保持不動，開始數起了數字。我心想等數到三十就起身吧。一、二……二十八、二十九、三十，好，……三十一、三十二……不行了，三十五好了。

拖拖拉拉好不容易爬起床，走到洗臉盆前洗臉。我先刮鬍子，再塗乳霜，然後把兩種粉底各自塗在左右臉上推開抹勻。

我開始塗這兩種粉底已經快要一個月了，正在試用它們用起來的質感與發色度、持妝度、會不會造成肌膚問題等等。白天搽著時，當然兩邊臉的膚色不一樣，但近來晚上卸妝後還是覺得沒有上妝的右半臉跟左半臉產生了明顯色差。難道開始出現色素沉澱了嗎？可是我們應該沒使用那樣子的成分……，又或者是卸妝品有問題？還是說，問題根本就出在我身上，我的右半臉跟左半臉除了結構以外，可能還有什麼地方不一樣嗎……？是這樣嗎？太好笑了，怎麼可能？我想一笑置之，心底卻漠然開始不安。

我先聲明，我並不是因為這樣而染上憂鬱的，母親一開始懷疑我這次的粉底實驗會不會就是造成我憂鬱的元兇，但我其實並不覺得這件事有帶給我那麼大壓力。別人的目光原本就毫無意義，更何況粉底這種產品，本來就是以近似膚色為目標，所以並不是每個跟我錯身而過的人都會對我拋來狐疑目光，只有偶爾在上下交錯的手扶梯上，會有人對我瞪大了眼睛一直看個不停（不分男女），但反正我沒犯法，自己行得端、坐得正就好了，只是千萬不能在碰到那種情況時自暴自棄地盯回去或對對方挑釁一笑（從經驗裡學會這點）。

今天休假，我要跟海子碰面。正在卡關的這項粉底實驗的主要數據雖然都有了，就是細部數據還是希望能從女性使用者的實際體驗中取得，可惜其他能拜託的女同事都已經正在採某些實驗品，所以才會忽然閃過或許可以請海子幫忙的念頭。我今天要請她吃中飯，算是對上次失約的賠罪，還有鮫島宙彥那樁事，今天無論如何都一定要跟她碰個面才行。

我們約在海子指定的車站旁義大利餐館碰面，考量到假日人多，特地選在剛開門後的十一點半碰面，沒想到海子晚了十五分鐘才來。那是家小巧的店，一進門馬上就看得見。海子一見到我只稍微微揚了揚嘴角代替打招呼，說了句：

「好久不見啊。」

就在我對面位子坐下，連半句話也沒提起自己遲到的事。

「我正想打電話給妳呢，怕妳是不是忘了。」

我委婉地暗示她已經遲到。

「我沒忘啊，你看我不是來了？你點了好沒？」

「還沒……」

這時服務生過來分別遞給了我們兩份菜單。

海子快快瞄了幾眼，

「我要點這套餐。」

她迅速找出了一個以午餐來說十分豐盛的套餐，快速點好了菜，我也趕緊點了份義大利麵單品。

「我說山幸啊——」

服務生一走，海子馬上死瞅我的臉打量。

「怎麼了？」

「你的臉……好像畢卡索的《哭泣的女人》噢……」

她一臉嫌棄，不過以婉轉的方式表達。

「噢……妳說這個啊？」

我像是被問到一題面試時馬上就答得出來的題目一樣安心，開始跟她說明。

「我在左臉跟右臉分別搽了成分不一樣的粉底，所以顯色稍微不一樣。」

海子臉上表情霎凍結，我感覺自己回答得頗明快，她卻反應得很困惑。沉默了數十秒後，她問，

「你會搽粉底啊……？」

聲音一反尋常沉穩，甚至還帶點兒溫柔。

「會啊，之前不習慣的時候會覺得很麻煩，習慣了就還好，這種事習慣就好了。」

「習慣啊……」

她臉上浮起一抹尷尬的笑，點點頭，那笑容彆扭得我不得不再補上一句

「是因為工作需要啦。」

聽我這麼說，她用力吁了口氣。

「搞什麼啊～是工作啊？真辛苦耶。」

「嗯，不過這只是修飾膚色的粉底而已，其他那些重點彩妝組的像是專門做眼妝、腮紅的更辛苦喔。尤其是眼妝，眼皮薄，妝很容易髒，不能用其他部位代替，只能真的搽在眼皮上試，有時候試的顏色又很詭異，真的很可憐。」

我輕描淡寫打算把話題帶到粉底實驗上，但海子好像立刻失去了興致，一副不如聊點別的吧的表情說：

「上次你問我那個鮫島宙彥的事啊……」

我上回打那通電話其實不指望能從她那裡打聽到什麼，但一聽她這麼說，馬上燃起希望。

「我問了住院中的我爸，他說好像聽說過祖父跟對方的祖母是堂兄妹喔。」

「咦——？」

我從沒聽說過這件事。

「好像是曾祖父跟那邊的曾祖父是兄弟，不過到了我們這一代，關係都那麼遠了，差不多都等同於陌生人了。」

「原來如此，難怪祖父會那麼看重那房子，一直到最後都沒把它賣掉。我看要租，也是租給認識的人。」

這麼一來就說得通了，我看我的確得跟鮫島碰個面，包括我們兩家人是遠親的這件事，我想知道他知不知道。海子說：

「你說『看重』的確是講得滿貼切的，我也覺得祖父對那房子好像比較像是敬畏，而不是很愛惜或眷戀什麼的，也從沒聽他無限懷念地提起過那邊的往事或那房子的事，難怪我們從沒聽說過鮫島家的事情了。」

這時服務生送來了海子的前菜，我想趁機從包包裡拿出鮫島那封信。右手不能動，我用左手去拿，右邊肩膀不小心往後一挪，登時一股劇痛襲來，疼得我一直憋著氣地低頭猛忍，等服務生放下盤子離開後，海子問道，

「你怎麼啦？」

我連回答的力氣都沒有，只勉強擠出一個字，

「肩……」

「很痛哦。」

海子一副「我懂」的表情點點頭。

「不好意思，那我先吃嘍」

她於是大口大口嚼起那不曉得叫鮭魚什麼什麼的菜，又過了一會兒後用半點也聽不出同情的聲音說：很痛、很辛苦喔？」接著停下了拿著刀叉的雙手。

「我的情況一開始是膝蓋痛。」

視線忽然停在了我的玻璃杯上說了起來。

「其實我從小時候就會那樣，有時候突然會痛。那時候還小，但心裡就直覺該不會是身體哪裡有問題，所以才會發出那樣的訊號吧？差不多是那種程度。感覺好像是有什麼訊號從很遙遠的地方傳出來，終於抵達我身上、被我接收到了。該怎麼說呢，就好像是一筆將來有一天一定得還掉的身體債一樣吧。就這樣過了二十幾年，大約兩年前吧，我爬樓梯還什麼的時候忽然爆痛，但就是拖嘛，一天拖過一天，自欺欺人地改搭手扶梯、多搭電梯這樣子混過去，但到後來居然連髖關節都開始痛了。我右邊髖關節真是痛得我幾乎要昏倒耶，我們人不是都會呼吸嗎？」

海子忽然把視線從玻璃杯上抬起來，望著我說。呼吸？會呀，會吧。我無可無不可點了點頭，海子也點點頭。

「人就算再怎麼靜止不動也還是會呼吸，我們呼吸的時候身體也會動，這樣講，你可能沒什麼感覺，但我可是切身體會到了我們人的身體真的會隨著呼吸而律動的這件事實。我說『動』，你感覺好像只是這邊在動而已嘛……」

她用手比了比從口鼻到肺部一帶。

「好像只有這裡而已嘛，對不對？」

嗯，對呀，好像是。我又點點頭，海子繼續說。

「可是不是喔，是體內筋絡全部都在細微動作，那些動作也會微妙地傳達到髖關節這兒來。真是痛到要人命耶，我心臟一跳，整副身子就被扯得痛到受不了，簡直是讓人覺得天哪，我不想呼吸了，就讓我心臟也別跳好了，就有那麼痛！」

「好嚴重喔。」

我是真心同情，可是語氣聽起來連我自己也覺得好冷淡。海子聽而未聞似地繼續說下去。

「實在是太痛了，那時候我同事剛好在我旁邊，馬上就把我帶去了附近醫院，拍了X光片。醫院說我髖關節的地方積了很多石灰渣，刺激到了神經所以才會那麼痛。說要打針把石灰渣給打掉，等打掉以後，痛因去除，應該就不會痛了，所以我就讓他們幫我打了止痛針，然後又打了一種忘記叫什麼名字的液體，把那個石灰渣還什麼的給『打掉』。」

「打一次就好了嗎？」

「才沒有咧，要打好幾次呢。醫生叫我隔天也去，所以我隔天又去，接下來是兩天後，再來又是兩天之後。我記得好像總共去了三次吧，本來以為打完止痛針以後過個一兩天就能回去上班，沒想到醫生叫我要在家裡安養一星期。」

「妳乖乖聽話照辦了嗎？」

「是啊，沒辦法呀，醫生威脅我說，雖然四天左右以後應該就會比較輕鬆，可是那時候如果又像平常那樣走路，就會再度發作，我只好乖乖跟公司請了一星期的假。」

「那時候叔叔還住在家裡嗎？」

海子的父親，也就是我叔叔目前正在住院。

「在啊，那時候還很康健，反而是他在一旁看我拄枴杖看得很擔心。我那時候也沒怎麼多想啦，以為膝疼老毛病跟髖關節痛是風馬牛不相干的兩回事，但隱約也覺得有點不對勁。」

「跟醫生說了嗎？」

「說啦、說啦～～我說我膝蓋也會痛耶。」

「結果呢？」

「喔——」

「就這樣？」

「就這樣啊，那裡也不是什麼大學的附屬醫院或綜合醫院那類的，只是我家那邊的小型骨科診所，所以怎麼講……就是先解決了眼前的主要難題再說，先幫我看了髖關節疼的問題。」

「原來如此，那妳膝蓋也是右邊痛嗎？」

「不是，是兩邊都痛，從以前就這樣。最近連手肘這裡也開始痛了，真是……講起來沒完沒了。」

「那……髖關節痛現在好了點嗎？」

「髖關節喔？只有那裡好一點啊，膝蓋還是照痛不誤。所以我也開始查啦，我又去了S醫大的一個叫做『混合型結締組織病風濕暨痛風中心』的地方。」

「混合型結締組織病……？」

我跟著複誦了一次這個聽起來好像很嚴重的病名。

「混合型結締組織病是一種自我免疫疾病的總稱，非常難以治癒，不過也不至於要命啦。我當初之所以懷疑會不會是這種病是……」

服務生這時端來一盤不曉得拌了什麼綠色醬汁的肥肥短短的義大利麵給海子，把另一盤海瓜子義大利麵遞給我。海子說「看起來好好吃噢~」張嘴吃了一口，再繼續說下去。

「我小時候有一年哪，不曉得為什麼常常發高燒耶。」

「唔——」

我也邊附和地邊用叉子捲起義大利麵吃了起來。

「有一次高燒四十度，連續燒了十天沒退，什麼抗生素都不管用。那時候主治醫師就說我該不會是混合性結締組織病吧？可是那之後，燒就退了，也沒再高燒成那樣連續十天沒退。長大以後，在公司健檢時發現我的類風濕因子是陽性，不過就是唔……再觀察看看吧……像那樣的程度。不過風濕也是一種自體免疫疾病，所以我就直覺我的『債根』該不會就出在這地方吧？其實現在也還是這樣覺得。後來我在那家醫學中心做了很多檢查，最後診斷出是風濕性多發性肌痛症。」

我不知道那病到底有多「難治」，只能唔唔地應和幾聲。

自體免疫系統原本應該攻擊從外部入侵我方的「敵軍」，但一不小心卻把攻擊目標設定成了「自己人」，更精準一點來說，是「自己人」裡頭的一部分。這種原本是我軍的自體免疫系統開始攻擊同樣身為我軍成員的現象，從自體免疫系統的觀點來看，搞不好它其實只是重新設定了敵我界線而已。

「不過這個呀，也不是百分之一百確診，只是推測而已。如果這樣治療有效，可能就是這種病吧，像這種感覺。不是說檢查出了什麼病菌於是判斷得出的病。」

「現在也還會痛嗎？」

「這個病沒有特效藥，只能看情況對症下藥，讓症狀緩和一點而已。以我來說，我試過了類固醇，有效的話就用這個藥治療，像這樣去試。」

「有效嗎？」

「我告訴你呀——」

海子忽然傾身往前，瞪大了眼睛。

「有效得不得了！簡直像假的一樣！」

「太好了，所以妳得的就是那個風濕性什麼什麼的病吧？」

「混合型結締組織病的主要病症之一有全身性紅斑性狼瘡，這是非常有名的難治之症。風濕性多發性肌痛症則是這種混合型結締組織病的臨床相關病症之一。仔細想想，其實我覺得髖關節有異的那一陣子就常覺得全身這兒痠那兒痛的，我這膝蓋是老毛病了，所以當時並沒有特別把這兩件事想在一起，後來發現，我膝蓋也完全不會痛了耶。」

「太好了。」

「可是就在那陣子，我爸卻因為腹痛入院，該怎麼講，感覺好像是疼痛從我身上轉移到我爸身上去了一樣，雖然這樣子講好像很奇怪。」

我的四十肩也是在我父親過世後才發作，所以我也不是不懂這種疼痛感覺好像在家庭成員間移轉的感受。我一邊吃著海瓜子義大利麵，忽然想起此事，這時聽見海子又說：

「但是現在問題變成是我得跟類固醇抗戰了，你看看我的臉。」

她那麼說，我只好端詳了一下她的尊容。

「怎麼樣？」

「什麼怎麼樣……」

我如果說妳如實增添了歲月痕跡，不曉得會被砲轟成什麼樣子，只好說「通常我們人隨著年齡增加，皮膚角質層也會變厚、乾燥，容易形成皺紋，肌理也會變得紊亂……」。

講到這時，忽然察覺不應當這麼講，一條忽閉口，氣氛馬上變得很尷尬，沉默了幾秒後，海子催促我繼續講下去。

「所以呢？」

我乾脆直說了：

「角質層就是一堆死掉的細胞，妳知道嗎？」

「好像……知道，所以咧？」

什麼所以咧？我完全不知道這段對話到底要往哪個方向走，只好先跟她說明什麼是角質層。

「皮膚組織的最底層有所謂的皮下組織、真皮跟表皮，角質就是覆蓋在表皮表面的一種細胞。表皮層存在了很多密密麻麻的角質細胞，這些角質細胞會在表皮最深處進行細胞分裂後不斷地往表皮上方移動，而在這移動過程中，形狀會逐漸變得扁平，這算是一種細胞層次的『老化』吧。接著，這些角質細胞會死亡，形成角質層。角質層就是這些死掉的角質細胞與角質細胞所製造出來的脂質，具有保護肌膚的作用。」

海子這時只是沉沉垂著眼皮默然望著我，連「所以咧」都不問了。我又繼續說：

「妳不覺得很厲害嗎？保護我們免受外界侵襲的第一層防守，居然是無數死掉的細胞呢！」

我平常就對這點感到很感動，如果跟我說這才沒什麼，我也不曉得該講什麼才好了。幸好海子終於對我這番結論有了反應。

「可能真的很厲害吧，不過我想跟你說的是，我的臉因為類固醇副作用而變成了月亮臉，現在還沒全好，不過終於消了一點了。我想知道你很久沒看見我，會不會覺得我的臉很圓？如果你說有點圓，我就可以跟你說才沒有呢，之前才更圓呢！開始跟你聊起我自己跟類固醇的戰鬥。如果你說沒什麼改變，我也可以回答才不是呢，其實啊……讓你更仔細了解我是怎麼跟類固醇惡戰苦鬥的，反正我就是想講，我已戰鬥——講這種事是抗病者的唯一慰藉，可是你回答得讓我完全沒機會聊下去嘛！」

呃……我傻口無言，只能愣愣地接受眼前情況。

「妳幹麼不直說呢？我不覺得妳的臉圓呀，也不覺得瘦啦，如果以第一印象來說的話。不好意思，因為職業病，我不小心就……」

「幹麼道歉啊？算了，反正我在這場戰鬥中，開始了我上次跟你提到的那個針灸治療。」

「噢喔，對了，妳說對四十肩有效的那個？」

「是呀，你要去嗎？」

忽然這樣逼我決定，我一時也不知道該怎麼回答。

「可以啊……」

「哎唷，你剛說那什麼死掉的細胞會保護我們的那件事也滿有意思的啦，你說那叫什麼？角吱吱？」

「角質細胞。」

我不理會她蓄意說錯的挑撥，認真糾正，但願在我如此成熟的對應下，我堂妹哪一天也會成長，於是我更加投入於她的啟蒙教育。

「妳剛才不是提到免疫系統嗎？其實角質細胞也跟我們的免疫系統有關係喔。」

「哦～」

「我就是想做這方面的研究，所以已經申請調動去研究部門了。」

「你現在在……」

「化妝品部門。」

「噢，所以才～～」

她又開始打量起我的臉。

「可憐噢……」

「一點也不可憐，我好不容易才找到這份工作。」

「但是你憂鬱症哪。」

「憂鬱是憂鬱，但我之所以活得如此艱難，並不是因為我的工作，可能是源於我天性如此吧。」

正確來說，是我的天性再加上職業等等複雜因素所成。

「你真是一點也沒變耶，山幸，包括你那種講話方式，真是從小就這樣。」

海子臉上露出了一抹懷念，我直覺就是現在！趕緊拿出了正在實驗的粉底。

「妳要不要搽看看？這是我們的新產品。」
海子露出了一絲警戒神情。
「新產品？不是還在實驗中的吧？」
我差點要說「是啊、是啊」，趕緊忍住。
「妳如果可以，把寫了A的這個地方搽在右臉，B搽在左臉，方便的話一天兩次。」
海子回答：
「真麻煩耶，你簡直要求神多。所以咧，做這實驗可以知道什麼？」
「不是……實驗這種講法很難聽，請妳了解我們這只是試用正在研發中的新產品而已，如果傳出我們公司對一般使用者進行實驗行為的話，妳叫我怎麼跟公司交代？而且基本上，我們公司對於這些倫理道德的事是很嚴格的，請妳千萬別在外頭亂講哦。」
「你還是一樣龜毛耶，好啦好啦，所以你這新產品的概念是什麼啊？」
「噢，詳細資料寫在這份同意書上……」
她剛那句「你還是一樣龜毛耶」刺痛了我，但我強作鎮定，從包包裡拿出資料。
「同意書……愈來愈詭異了！」
「讀完後如果同意，請妳在這上面簽名蓋章，這樣我們會支付妳一點微薄謝禮。當然啦，前提是妳願意來我們的研究機構配合測試……對了，交通費當然會付。」

「配合測試？你們到底想要我做什麼？」

「只是測量皮膚水分之類的而已啦，連花妳一個小時的時間都不用。」

「好詭異喔……，不過我對詭異的事情就是特別有興趣，好啊，我做啊。」

海子爽快答應了下來。她這人從以前就有點男孩子氣，我這時才意識到，自己大概原本就漠然料想到她會這樣答應吧。

跟海子聚餐後過了大約一個月，某天早上我痛得醒來。痛醒這種事，我老早已經習慣了，只是那天早上的痛法完全不一樣。一種又刺又麻的痛楚不間斷地一波波湧上來，從我左腕的地方往上下兩方擴散開來。

雖然不安，我還是一樣出門上班，只是麻疼一直沒有好轉，照那樣下去根本連電腦也沒辦法打了。後來實在疼得受不了，只好打了通電話去疼痛診所，櫃檯小姐把情況轉告給醫師後，告訴我百合子醫師要我馬上就去醫院。

我立刻就搭計程車去診所。在車內發現，如果把手肘抬高的話，手麻就會好一點，於是之後便一直以那種左手五指抓住自己左肩的姿勢抬高著手肘，又用那種姿勢勉強單用右手付了車資。一走進疼痛診所，櫃檯小姐一見到我那怪樣馬上表情一變，但隨即恢復鎮定。

「你手沒辦法放下來是不是？」

「這樣子比較輕鬆。」

她點點頭，讓我在候診室的椅子上坐了下來。今天人不多，馬上就被當成緊急病患叫到了名字。我一打開診療室的門，馬上就看見百合子醫師一臉憂心。

「嗳，手放不下來啊。」

她幫我稍微檢查了一下。

「你這應該要拍一下核磁造影比較好。」

但這間診所沒有那種設備，於是我又搭計程車去了附近一家他們介紹的綜合醫院拍好核磁造影的影像帶回去，接著百合子醫師判讀為椎間盤突出，打了神經阻斷注射，拿了貼布回家後，情況一直沒有改善。

憂鬱症、頭痛、腰痛、四十肩，現在又加上椎間盤突出，真是沒完沒了、百花繚亂。

家裡走廊角落有個木製花台，上頭花瓶裡的植物早已枯得不忍卒睹。母親回娘家幫忙照護病人後，那花就一直放在那裡，根本連原來插了什麼都看不出來了，甚至還開始發臭，讓我無法繼續視而無睹。

雖然曾祖父在植物園裡工作過，我對植物卻沒有特別偏愛，大略就是叫我做的話，我會幫樹木灑灑水，如果沒叫我做，我絕不會特地幫花瓶換水的程度。更何況我近來身體這樣疼得七暈八素的。花瓶旁邊擺了個電話桌，我用右手指頭掐住了左手臂，壓住正要從左手腕往下蔓延到左手指的麻疼，一邊看著那花瓶。就在這時，電話桌上的電話忽然響起，我用右手去接。

「喂，山幸嗎？」

是海子。

「是啊。」

「最近好嗎？」

「不好。」

「四十肩很嚴重嗎？」

「那個也很嚴重。」

「還有別的？」

「嗯，還有別的。」

我這時實在沒力氣跟她提起自己椎間盤突出的事，便把話頭轉給她。

「妳呢？那之後一切都好嗎？」

「不、非常好。」

「妳那個『不』是用來形容『好』還是形容『非常』？」

「不。」

「怎麼啦？」

「說來話長，現在電話裡頭有點難解釋，我是要跟你說明天的事。」

明天是粉底產品的新實驗對象海子會來公司接受測試的日子。

「我明天要先去醫院，可不可以晚一個小時左右再過去？」

「可以呀，我明天也沒要跟別人碰面。妳怎麼啦？又惡化了嗎？」

「這講起來落落長，明天再聊吧。」

說完便喀嚓掛了電話。我瞬時用右手抓住左手蹲了下去。不是因為海子掛我電話讓我打擊很大，而是剛才像那樣用右手拿著話筒時，左手已經開始刺麻到讓人難以忍受的地步。

我就那麼蹲在地上忍呀忍，等待疼痛的浪潮遠去，等到終於稍微可以站起的時候，小心翼翼地起身，避免給身體造成太大變化。我右手抱起花瓶，把它抱到洗臉台，拿出了先是變得黏糊糊後來又變得乾枯枯的那坨本來是植物的固狀物，放進了塑膠袋裡。雖然也很想把花瓶內部洗一下，可惜我這副身體是不能亂動的，所以只在發出臭氣的花瓶裡加了點水後隨便搖一搖倒掉，便把它收進洗臉台下。

隔天，在當初約好的十點過後整整一小時，海子準時出現在研究室裡。這是她第二次來，第一次是答應要當我實驗對象的隔天，我請她來研究室測定試用粉底前的數據。

但是今天出現在研究室的她看來有點怪異。

「妳怎麼啦？」

她身上披著件夾克，但一眼就會注意到上半身脹得很奇怪。

「哀家有事，有事沒事。」

她看起來已萬分疲憊。

「這講起來還滿花時間，你沒問題嗎？」

這人一開口就停不下來，所以我趕緊說：

「不然妳先去把臉洗一洗吧？」

測定肌膚含水量時要先洗臉，然後在室溫設定成了二十二度、濕度低於百分之五十的「人工氣候室」內待一個小時，等肌膚狀況穩定下來後才能開始測定，不然室溫高於二十三度時人會流汗，測不出正確數值。

「我可以洗臉啊，但可能沒辦法洗乾淨喔。」

海子說完，從軟衫的第四、五顆鈕釦之間的縫隙歪呀扭呀地把左手指尖擠了出來。她那邊鈕釦沒扣上，所以左手並沒有套進袖子裡，而是直接貼著身軀。我嚇了一跳，不過現在如果叫她說明她怎麼會以那種奇特姿態出現，時間再多也不夠用，就在這時，另一位幫忙測試的女研究員市山小姐也來了，她那個人平常話很少，不過該幫忙做好的部分都會確實輔佐好，所以我很信賴她。三十多歲、單身、中等身材，一頭長髮乾淨俐落地綁成了一束垂在腦後。她朝著海子自我介紹完後，有點掛心地問：「請問您還好嗎？」

任何人一看到海子現在這模樣，大概都會冒出這疑問吧，我代替海子回答：

「這要解釋好像要花一點時間，所以我請她先去洗臉。」

「洗臉……」

市山小姐露出了一臉困惑。

「不好意思，可是至少就我看到的，她現在這樣恐怕連生活作息都不太方便吧，這種情況還要麻煩她幫忙粉底實驗嗎？我看這一次還是……」

原來如此！原來這才是一般常識判斷！我感覺得救了，朝著市山小姐點點頭，再朝海子也緩緩點頭。

「果然哪。」

彷彿我打一開始就是這麼想的。海子像一顆洩了氣的皮球「啊——」地哀哼了一聲。

「好可惜喔，剛才還趕著過來呢……」

她說話的口氣還滿客氣的，那麼這一句話應該是朝著市山小姐說的吧。市山小姐也語帶同情地回：

「真的挺可惜，不過現在這情況還要麻煩您幫忙也說不過去，因為我自己以前也受傷過……」

接著她轉向我：

「佐田先生，咖啡廳已經開了，不然你帶她到處參觀一下，然後去咖啡廳喝杯咖啡吧？午休時間還沒到，不過現在去人應該比較少。」

她是命令我把我的午休時間提前嗎？聽在我耳裡是這樣，不過我很感謝她對我親戚海子的一片好意，於是站起身來，

「也對，我們現在就下去吧。」

新開的這家咖啡廳由於也開放給外來者使用，近來常被雜誌報導。大片開窗與善用郊外綠意優勢的庭院清爽宜人。我在走去咖啡廳的途中，不曉得什麼時候又開始把左手抬得老高，從走進咖啡廳到面朝庭院的位子坐下來之前的這段距離內，我努力把手放下，但等服務生一來點完餐後又馬上刺痛得受不了，只好又把左手抬成了九十度。海子壓低了聲音問，

「山幸，你這是怎麼回事啊？」

接著可能發現問得沒頭沒尾吧，又補了一字：

「手。」

又補了兩字：

「左手。」

其實她不這麼追問，我也聽得懂，至少也知道自己這副姿勢很奇怪。

「我這樣子比較輕鬆，妳會介意嗎？」

「介意啊，我如果這麼說，你就能把你的手放下嗎？你剛才不是沒這樣？」

放下的話，我就會被劇痛攻擊。

「從剛才到現在，情況已經發生了變化，我身上一天到晚都會發生這種變化，我只能臨機應變，而我現在就是在應變，請問妳會介意嗎？」

海子可能從我的話裡感受到什麼咄咄逼人的口氣吧，撇開了視線。

「不會呀。」

接著她說：

「我這個啊，是左肩骨折啦。」

「妳又出了什麼事啊？」

海子大大嘆了一口氣。

「大概兩個禮拜前吧，我去公司附近一棟大樓裡的餐廳吃飯。等我吃完飯想下樓時，那樓梯設計得很時髦，照明是從下方這樣子往上打，看不太清楚階梯的高差。我心想嗳，看不太清楚耶……結果就這麼一瞬間！整個人一腳踩空了！那樓梯先是有七、八階然後連接到一個平台，接著又是台階，我整個人就直接往前倒栽蔥地摔了七、八階才停耶！當時我右手抱著包包痛得站不起來，一開始只想，哎呀，我撞到頭了，頭撞成這樣疼得站不起來，沒問題嗎？結果我額頭還真的撞出了瘀青耶。後來好不容易站了起來，勉勉強強走下樓梯後卻發現，問題不是出在我的頭，而是我的左肩，我左邊肩膀疼得嚇死人，當場蹲下去站不起來，而且還愈來愈痛。」

「妳沒叫救護車嗎？」

海子搖頭。

「不曉得為什麼，那時候我不曉得自己身體有沒有什麼狀況，只以為大概是跌傷了吧，很努力地顛顛晃晃往車站的方向走。那一天是週末，人很多，我又很痛，真的很怕會跟別人撞上。如果走太快，身體晃動了更痛，所以只能慢慢走，但問題是愈來愈痛。我好不容易終於搭上電車，但我要下車時，又發現疼得站不起來了，好不容易擠出了吃奶力氣下了車，這回站在月台上，卻發現是嘴巴合不攏了，怎麼講呢……就一直打冷顫哪，因為太痛了，牙齦根本合不起來。」

「這也太……」

「冷顫怎麼也不停，我心想不行哪，打了電話去市政府急診轉介處，跟他們講了情況後他們告訴我有兩家醫院有急診中心。其中一家因為以前去過，就決定去那裡，他們說那時間剛好有骨科醫師值班。所以差不多快十一點的時候吧，我就從車站搭了計程車過去，到了後馬上拍了X光片。醫生一看片就說，噢，妳這邊斷了耶。那時不是要脫衣服檢查之類的嘛，但我痛到受不了，所以醫生就先給我止痛藥。他們說妳這一看就是骨折，只是骨折的情況很單純，應該不用開刀，打石膏把它固定住等骨頭再生就好了。不過妳接下來要定期回診，我們這裡是大醫院，光是門診就要等很久，妳不如去妳家附近的骨科醫院看吧。所以我隔天又去了我家附近的骨科診所，搭電車只要一站，在那裡又打了一次點滴，然後跟我說這要完全固定一個月喔，說像這樣……這樣子把它吊起來，但是肩膀這邊不大適合打石膏，不曉得為什麼噢？好像說肩膀這邊打石膏還是會晃動……。我也不清楚，總之不適合打石膏就對了，手臂的話，還可以像這樣子把它固定，但是肩膀這邊不行，他們說的。是因為有胳肢窩嗎？反正就是要固定住啦，所以就用三角巾綁起來，再用一種像是腰帶的束腹之類的東西綁在身上固定。醫生說他沒說可以之前，我最好不要洗澡。可是他說什麼洗澡？我現在連隨便輕輕動一下都會痛到哀號耶，怎麼可能有辦法洗澡？所以我才不在乎呢。現在光是躺下或稍微動一下都會影響到這兒，就算把它固定住了也一樣，所以痛苦死了！我睡著時也痛，睡覺時也不能拿下來嘛，只能像這樣……以一定的姿勢睡覺，這個要一直固定住喔，沒辦法，現在這邊都發炎了。」

海子指了指胳肢窩。

「我聽懂了……但容我稍微冒昧請教一下，妳連軟衫的袖子也沒辦法套進去嗎？」

「沒辦法呀，就這樣掛在外面軟塌塌的，然後再把它塞進外套袖子裡。不過左手的指尖還能動，我不想浪費，所以就像這樣……」

海子又開始像剛才那樣擠呀擠地把左手的指尖從釦子之間擠出來給我看，我看了也被她傳染，動了一下自己抓著左肩的左手指頭，沒想到這一下子，居然連左手指尖也開始刺麻了，我痛得表情猙獰。

「哎唷唷……」

「怎麼啦……？」

海子驚訝地望向我抬成九十度的左手。

「左手會刺刺麻麻的……我去檢查後發現是椎間盤突出，不過還好指尖沒事。但是就在剛剛，居然連指尖也麻了，不曉得算不算是成功達陣了……」

「我該說恭喜嗎？」

「妳這用詞遣字恐怕不是很適當。」

我當場嗆她，我猜我臉上表情應該頗不悅吧。

「當然不是很適當，只是你自己說什麼『成功達陣』的。」

海子垂下眼睛，好像思考該怎麼表達似地沒說話。

「山幸，我覺得很奇怪耶，怎麼會只有我們家的人一直這樣這裡疼、那裡痛的？」

「唔——」

我也開始思考起來。

「這種會引發強烈疼痛的病症或意外可能有些人一輩子都不會碰到，也可能有些人會一直碰到，儘管只是少數。只是剛好我碰到了，妳也碰到了，又剛好像我們這樣彼此都只有一個堂兄弟姊妹的人居然都碰到了，機率的確很低，但也不能說沒有。」

「算了算了，我不是想問這個。」

海子擺擺右手打斷了我，這時剛好服務生端來我們點的咖啡跟三明治。我勸海子點三明治，因為三明治吃起來比較方便，我自己則點了豬排三明治。兩人專心喝起咖啡、吃著三明治，好一陣子沒講話，之後不曉得是不是稍微放鬆了一點，海子忽然問：

「對了，你後來跟宙幸彥連絡上了嗎？」

一講到宙幸彥，我就覺得有點煩。後來我想方設法想跟他連絡，卻怎麼也找不到人，只能等工作能放假時再看看有什麼法子了，現在先別想這件事。

「還沒，沒連絡上，之後我如果擠得出時間的話想回『老家』一趟。」

「那裡現在不是沒人住嗎？」

「是啊，但應該有人管理……不曉得這一方面的情況怎麼樣了。」

這時我猛然想起，之前一直想把老家委託給哪家業者代為管理卻一直拖著沒進行，不過我沒告訴海子。

「你去過嗎？」

「沒有，妳呢？」

那裡是我的祖先老家，也是海子的祖先老家。如果她曾在我不知情的時候因為家族聚會或什麼情況回去過，一點也不奇怪。

「沒去過啊。仔細想想這也很荒唐。」

「是啊，的確。」

兩人都沉默了下來，又開始不約而同吃起三明治，各自陷入沉思。一會兒後，海子忽然抬起頭。

「你那椎間盤的問題要開刀嗎？」

「不用，醫生還沒這麼說，我也沒這打算。」

我漠然有種恐懼，覺得要動到頸椎的手術都很危險。

「可是很痛吧？」

「痛啊。」

「醫院怎麼治療？」

「拉脖子牽引、神經阻斷注射，不過最近這次不太有效。」

「那……你要去看看嗎？之前我跟你提過的那個針灸治療。」

「噢……」

對噢，海子上次的確跟我推薦過針灸，好像可以試試看。再繼續去百合子醫師那兒回診好像也沒什麼用，頂多只能帶來心理慰藉，真正該改善的疼痛問題卻似乎愈來愈沒指望了。那根柢上的不安感，則又日漸增生。

「好啊，我去看看。」

「今天嗎？」

「今天？」

「打鐵趁熱呀。」

海子自顧自點了點頭。

外婆早百合的訪客

一回家，就發現母親發了傳真過來。我沒設定電話答錄功能，所以母親每次白天有什麼事想跟我連絡時便會發傳真。其實我覺得她可以等我回家後再打電話過來，但她的說法是她若不馬上做便會忘掉。她這個人似乎從以前就是個走三步便會把一切忘光的人。傳真上這麼寫著——「離家多日，已屆換季之時，你對衣服換季的事應該不清楚，我想我該回家一趟。我想我該回家一趟，不知你意下如何？」她想說什麼？連寫兩次「我想我該回家一趟，不知你意下如何」是要問我的意見吧？我當然會這麼想，而我的選項也只有「是，您必須回家一趟」或「不，您不用特地回家」這兩者擇一，「您不要回來」當然也是另一個標準外的選項，但這次似乎不是採用這選項的時機。如果我把能拿來當成標準答案的前兩者再加上語意之外的適當延伸，就會是「是啊，我不太清楚衣服換季的事，我想您回來一趟比較好」或「不用，您跟我交代，我自己就會處理，您不用特地回來。」不管哪一種，我都必須自行對自己是否有能力處理衣服換季這件事情做出表態……既然如此，她從一開始就單刀直入地問「你知道衣服要怎麼換季嗎？」不就好了嗎？

我母親要的這一些小動作從以前就不知道有多少次把我整得啞口無言，對我的人格又造成了多大影響。我嘆口氣，在她傳來的傳真背面寫上「隨便啦」又傳回去。過一會兒，傳真機又嗒嗒地響起，「你講話怎麼這麼不客氣？你這人就是這樣，才會到現在還找不到老婆。」真是管山管海住海邊耶，我猜現下她們一定一群親戚窩在一起，對我這光棍男的未來進行各種不必要的意見討論跟操心吧。說起來，我都已經回家了，她幹麼不要直接打電話過來呢？她傳真來，我又傳真回去，她一定是一時沒有那個腦筋想到，所以才會又發了傳真來。我拿起話筒，撥了外婆家的電話。一撥，她肯定是一直站在外婆家的電話兼傳真機前巴巴地等著我傳真過去，所以馬上就接起。

「喂——」

「喂。」

「啊，山幸彥，我正在等你的傳真耶。」

「為什麼要等傳真？您不是知道我已經回家了嗎？」

「我一開始傳真是因為你不在家，所以有那個必然性，但你剛剛先傳真過來，不是沒有那個必然性嗎？」

她說得沒錯，我一時啞口無言。這人只有在辯不過別人的時候，邏輯能力才特別好，我轉換話題。

「現在還這麼冷，換季是否太早了一點？」

「一樣是冬天，嚴冬正寒的時候跟春天就近在眼前的時候，衣服色澤都要配合著改變。尤其和服，若草色、萌蔥色、櫻色，要穿出心裡頭雀躍期待著春天來臨的那份心情哪。」

最後那邊簡直說得跟唱的一樣。的確，我們商品開發部門的同事也常說類似的話。

「這樣的話我就不知道了，您要回來自己弄才行。」

「是～吧～～」

這句「是～吧～～」充滿了「你看你看，我就說嘛！你就是沒辦法處理我才要回去一趟」的攻擊、指責跟勝利者的驕傲。對我炫耀這種能力，我也不曉得要怎麼回她，難道她還指望我「呃呀——」地發出中彈倒地的聲音嗎？我正在心底這麼咕噥——

「對了，你的四十肩怎麼樣了？」

聽到她說「四十肩」，真心莫名想反駁。

「三十肩，還健在。」

「真是太好了。一點也不好啊～不是嗎？」

「怪我也沒用。」

「是你自己說『健在』，我才會那樣講。」

「又不是我自己想要的，而且我現在還多了一個椎間盤突出。」

「哎唷～怎麼會這麼慘哪？」

即便親如母子，也不可能體會得了對方的痛苦。母子亦他人，我知道，這三十幾年來，我已經知道得太清楚了。但聽見兒子得了椎間盤突出，卻只回一句「哎唷～怎麼會這麼慘哪？」這像話嗎？不過現在激動對我一點好處也沒有。

「是啊，每天都很慘，手完全放不下來。」

「放不下來？」

「是啊，所以如果您能回來煮煮飯、做做家事，我就可以輕鬆一點了。」

「好啊，我知道了，反正我也要回去整理衣物就順便。不過你說你手放不下來……」

我心想，「順便」？

「抬高的時候最輕鬆啊，抬到肩膀上的話。想放下來就會很痛。」

「唔，不過至少你還有會輕鬆一點的姿勢，這已經很好了。我聽來這邊的長照護理師說呀，她去家訪的那些病人已經都不管是讓他們躺著、坐著或擺成任何一種姿勢，都一定會有哪裡不舒服呢。」

「的確，如果跟那種比起來……」

「是啊，一定要往好的方向想！」

她忽然擺出老媽的語氣。

「先這樣啦，我明天回去看一下好了。」

天哪——我仰頭無聲哀號。這時候忽然一陣劇痛又衝了上來。我的確說過如果她回來的話我會輕鬆一點，但她如果真的回來，我還得先做好心理準備。她就是這樣的一個母親哪。

母親娘家離這兒搭電車大約要兩小時車程。隔天我回家時，發現窗戶已經被打開了。我的手雖然可以視必要放下一會兒，但放下太久還是會痛，現在我沒那個力氣去把全開的窗戶一個個關上，我察覺廚房裡頭亮著燈好像有人，便朝著那兒問：

「您不覺得這樣很冷嗎？」

母親正站在流理台前，她轉過了身。

「噢，你回來啦？好久不見——」
「好久不見。」
母親關上水龍頭，拿起手巾擦手，一邊對我說：
「那個……有件事我一直想問，想哪想，幾十年就過去了……」
「什麼事？」
「你跟父母親講話的時候為什麼要用『您』呢？不覺得很生疏嗎？」
為什麼現在才問？我狐疑。
「是您教我跟長輩講話要有禮貌。」
「是沒錯……」
「而且用『您』尊稱父母親，可以被視為是保有戰前的美德，應該不至於要被責怪吧？」
「沒錯……」
「就保持適當人際距離這個觀點來看，用『您』尊稱別人也是很有效的一個做法，我從小就察覺了這點，學習並且學得很好。」
「是噢？」
母親二話不說就乾脆轉移話題，速度快得令人咋舌（她知道如果再追問下去，就會有砲火轟擊到自己頭上。她從以前就是這種能瞬間察覺危險，迅速使出動物本能逃之夭夭的類型）。

「不過家裡真是到處都是灰塵耶，我一回來就受不了。雖然冷成了這樣，還是一回來就趕緊拿出雞毛撢子啪啪啪地一直撢。」

「用吸塵器不就好了嗎？」

「為什麼你不用？」

「我太忙啊。」

這時候母親才一副哎呀呀的樣子瞪大了眼睛把我仔細瞧了一遍，好像終於發現的樣子。

「你的手……抬得很高耶。」

「因為會痛，非常痛，而且很冷，您可不可以把窗戶關上？」

母親沒說什麼地開始默默走去關窗。我走上二樓，換好衣服再下來的時候，她已經又在廚房裡頭繼續做菜。不曉得是不是買了很多食材回來，鍋子裡正煮著什麼。我在廚房餐桌旁坐下，開始讀報。手依然抬得老高。母親原本對著砧板上燙好的青菜正在忙，忽然轉頭看我。

「你不動也會痛嗎？」

「會啊。」

「去看醫生了嗎？」

「看了。」

「你說椎間盤突出……之前難道不曉得？不可能突然就變成這樣吧？」

「之前有時候也不太能用力，有時候抓東西也不太穩，但我一直以為是三十肩的關係，所以發現得比較晚，一發現就是急性期了。對了，外婆還好嗎？」

「從叫我們要有心理準備到現在，也過了滿久了……對了，不然你跟公司請個假，我們一起回去吧？」

真是說得比唱得簡單。

自從外公走了後，外婆便跟單身的小阿姨同住。不管是外公在時或是外公過世後，外婆的生活看在我這個小孩子眼裡都好像是印章蓋出來的一樣規律而清幽。有時候我過去住個幾天，也是早餐、午餐、晚餐全都在同樣時間做好，浴缸裡的水也永遠會在同一個時間放好。外婆她看的電視節目永遠一樣，消費的店家永遠是附近那幾家，我一直以為外婆家的日子會永遠那麼下去，直到失去後才意識到，原來有一個這樣的場所對自己來講有多麼安心。

一開始是什麼病呢？外婆開始臥床後，住在她家附近的小舅舅跟舅媽、照護員還有一些關心的朋友會定期去探她，家中時常有人出入，反而比臥床之前更為熱鬧。但那樣子也已過了十年了，如今外婆高齡九十幾，臥床初期出現的認知障礙已經愈來愈嚴重，聽說現在一整天幾乎都昏昏懵懵的。

以我現在的身體情況要尋常度日的確已經來到了極限，這次很可能是我跟外婆見面的最後一次機會。照母親所講，外婆這次的情況真的不妙，或許我去外婆家過一陣子緩慢日子也是個選項，而且海子講的那個針灸師傅，剛好就在外婆家那個小鎮附近開業，正好可以過去治療。於是我決定把沒用完的有薪假給請了，去外婆家待一陣子，到頭來，事情還是照著母親期待的方向走。

母親畢竟是母親，可能看不下去我生活如此艱難，想幫我煮煮飯或做點什麼。既然這樣，乾脆直接把我帶回娘家，既能照顧母親，又能照顧兒子，一舉兩得，不用兩邊跑。我很想這麼期待，但我要是想得太美好，到頭來受難的就會只有我一個。我之所以如此小心翼翼，絕不是臥床的外婆人品有什麼問題，她從我小時候就很疼我，而我阿姨也是個好人。

後來母親忙著處理不在家時累積的雜事，等到下一個週末才跟遞交了假單的我一起搭同一班電車回娘家。母親娘家從車站搭計程車大約十五分鐘車程，前院那個外婆在身體健朗時開墾的小歸小卻充滿了生氣的花圃兼菜園如今已經雜草叢生，一片荒蕪。

許久不見，阿姨看起來比上回見面時蒼老了許多，但她比母親對我的情況更充滿同情。

「哎呀，山彥。」

原本就嬌小的阿姨看起來人更縮水了，她原本不是個很容易激動的人，但一看見我，雙手靠在胸前像拗著拳頭似地。

「你的手……」

我的手還是像地圖上的符號一樣（大概像是發電所或寺院之類的）舉得老高。

「好可憐，一定很痛吧？」

她眼眶中都快泛起淚水。我想我身邊的近親不管是母親或海子，有誰像她這麼關心我嗎？正兀自這麼想，母親忽然從旁開口：

「山彥，你先把行李拿去房間吧，我的放在客房就好。」

她居然想指使滿身瘡痍的我做事？

「噯，山彥，你先去看你外婆吧，剛好長照護理師石突女士也來了，行李我來搬就好。」

阿姨站在行李跟我之間，指著外婆房間的方向說。

「小阿姨──」

我像小時候一樣親暱地喊她，或許我是想從她身上得到一點不能跟母親撒嬌的彌補吧。

「不好意思，我要來你們家打擾一陣，如果有什麼事的話儘管吩咐我喔。」

才剛說完，

「好啊，那你把這個拿去你外婆房間吧。」

阿姨都還沒講什麼，母親已經迅速從行李中拿出了一份她從家裡帶來的新毛巾。我沒說什麼接了過來，走向外婆的房間，只聽見阿姨在背後叨唸「妳這個人怎麼這樣啊——」。對！最好再叮得她滿頭包！為什麼像阿姨這樣的人遲遲碰不到好姻緣，反而是母親那樣的女人早早就結了婚呢？這世界簡直沒天理到難以相信的地步。

比阿姨縮水得更嚴重的外婆正躺在床上，旁邊有位頗有年紀的女士正在幫她調整點滴，我猜應該就是長照護理師石突女士吧。外婆正閉眼休息，我不太知道該不該出聲叫她，這時石突女士從旁邊拉開了嗓門喊：

「早百合姐，山彥來看妳啦——」

外婆聽了稍微睜開眼睛，看了看我，輕輕點點頭，似乎認了出來。

「外婆——」

我出聲喊。外婆說：

「你來啦。」

聲音比我想的還有力勁。
「身體還好嗎？」
大概是聽我母親或阿姨說起我的慘狀，我不能讓她擔心。
「很好，漸漸好多了。」
這時外婆徹底睜開了眼皮，一臉不相信地搖搖頭。
「可是人家……不是這麼說的唷……」
人家？我看看石突女士，石突女士輕輕歪著頭問：
「誰啊？」
「剛才佐田家的爺爺來過了。」
「嗯——？」
這次換成是石突女士看看我。
「佐田是我的姓，外婆說的是我爺爺，不過他很久前就過世了。」
我壓低音量這麼跟石突女士說。
「他很擔心你喔。」
我背脊一涼，可是還是問：

「為什麼？」

「他說你們老家不曉得處理得怎麼樣了。」

老家？處理？他人都死了還要囉嗦這個？我不懂這到底是怎麼回事，只好看看石突女士，

石突女士點了點頭。

「早百合姐，那個爺爺已經回去了嗎？」

「回去啦，不過應該還會再來吧……」

說完後又閉上了眼睛。石突女士說你來一下，把我喊到房間外。

「我想應該差不多還剩一個禮拜吧。」

「嗯——？」

「告別的時刻。」

「嗄？」

「剛才那應該是譫妄狀態。」

「譫妄？」

「你去陪陪她，我去跟她千金們說。」

千金們？我覺得這稱呼方式有點怪異，但現在不是計較這個的時候。為什麼她可以講得那

麼武斷？我可以信任這個人到什麼程度呢？什麼可以判斷的依據都沒有，我覺得思緒好紊亂，只好先回房裡陪外婆，外婆已經又闔上了眼睛。我在椅子上坐下來靜靜望著她，她一動也不動，雖然人就在我眼前，卻彷彿在遙不可及的天邊。

接著阿姨進來了。

「聽說情況有點奇怪啊？」

「怪……」

阿姨躡手躡腳地把我拉到房門外，可能是擔心被外婆聽見吧。

「那個石突女士是老經驗了，送走過很多病人。她光看病人有什麼舉動，大概就能知道還剩多少時間。」

阿姨淡淡地說。

「所以只是說我佐田的爺爺來過，就是譫妄狀態嗎？」

「不然呢，你相信啊？」

阿姨有點驚訝地看著我。

「也不是信……」

這時母親也來了。

「聽說怪怪的？」

「什麼怪怪的……」

「說你爺爺來啦？該不會是來接她的吧？」

「不是啦，應該不是。」

「不然呢？有事找她？」

爺爺是來跟外婆講話的，所以要說有事找她，也算是吧。

「唔……」

「什麼事啊？好好奇噢——」

「說是擔心我。」

「擔心你？」

母親覷了覷我。

「唔，不過要接也應該是自己的另一半來接，怎麼會由佐田的爺爺來接呢？」

「這可不一定，聽說有時候是完全料想不到的人耶。我剛聽石突女士說，有些人是小孩學校的校工，還有人居然是常去買菜的那家超市肉品賣場的員工！」

「所以那些人是死了還活著？」

「當然是死了啊，不然怎麼來接？」
「也有道理。」
我忽然有點理解剛才石突女士為什麼會用「千金們」來稱呼她們兩個了。
「咦，那位石突女士呢？」
「回去了。」
我原本以為還有機會跟她多聊幾句，當下怔住。
「不過她既然說快了，要不要連絡一下醫院比較好？」
母親跟阿姨一聽，互相對望了一眼。
「我們沒打算把她帶去醫院硬是讓她急救喔。」
「我們要讓她在家裡善終。」
是啊，是嘛。兩人互朝對方點點頭。看來她們兩姊妹——不，可能也包括了外婆——三個人之間可能已經講好了。但既然是親人，當然要盡全力讓外婆得到最好的治療，不是嗎？我有點沒辦法接受就要這樣跟外婆告別的事實。
當天晚上，住在附近的舅舅跟舅媽也來了，被告知石突女士判斷跟外婆的「告別之日」只剩下一個禮拜時，舅舅實在忍不住眼眶泛淚、表情含悲。雖然他也試圖抗拒，說是石突女士這樣講，誰知道能不能信？但我在一旁也看得出來他逐漸接受事實，覺得既然人家這樣講大概就是這樣了吧。舅媽則是雖然多少有點黯然，但神情中該怎麼講呢，講得誇張一點，就好像是聽見自己重獲自由的犯人一樣，有種毫不掩飾的解脫感，無論是話裡行間的一點小氣息或是站起來時的動作，都有種還沒聽見消息前所未見的「勁氣」。我猜她生活上大概也常得配合這裡，很多時間都被綁住了吧，尤其是我母親不在這裡的這一個禮拜。

接著他們確認了幫外婆抽痰跟檢查點滴的輪班事宜，把我排除在外——與其說是擔心我的身體狀況，不如說是怕像我這種手腳疼得都不靈活的人居然要去拿抽痰管之類的吧，接著話題轉移到了我身上。舅舅開始講起他自己得了四十肩時有多淒慘，他的結論是——「如果時機還沒到，你怎麼治療也好不了」。這所謂的時機，分別是左肩、右肩各一年。這其實跟我先前聽到的其他患者的經驗談一樣，所以我並沒有特別驚訝，只是當他提起「最近聽說」有家針灸院採取了很獨樹一格的治療方式時，委實嚇了我一跳。之所以會嚇一跳，不是因為他說那家針灸院會針對不同患者採取不同的客製化療法，而是那家針灸院的名字就叫做「假縫針灸院」，剛好就是海子跟我提起的那一家。我不相信這麼怪的名字，會有兩家取成一樣。

「聽說那裡治得好耶。假縫，用針耶。可能真的有效吧。」

「不好意思，假縫應該不是治療方式的名稱。其實我堂妹也勸我去那邊看過，我這一次就想去試試。」

「那家假縫？」

「是啊。」

「真的有效嗎？」

母親也很懷疑。

「的確我堂妹海子還沒從身體苦痛中得到解脫，但既然她如此推薦，依我的淺見，應該是有一定療效才是。」

「我說山彥啊，你講話方式真的從以前都沒改變耶……」

舅舅聽來有點感嘆，母親這時一聽馬上轉移了話題。

「所以今天晚上輪到我嘍——」

她大概是怕我又開始說什麼「為了與人保持適當距離，我講話變得比較客氣有禮」。因為若是要提到我為什麼從小就這樣講話，就得提及母親的教育問題，而對她來講，這應該是她亟欲避免的狀況吧。

隔天石突女士也來了。原本她是兩天來一次，但她說這禮拜打算每天都來。我感覺她好像把外婆的死看成什麼慶典活動一樣，很不愉快。

「如果情況已經像您估計的我外婆已經不久於人世，這麼危急了，我們是不是該把她送去醫院比較妥當呢？」

聽我這麼說，石突女士邊從袋子中拿出藥劑說：

「可是送去醫院的話一定會做延命治療喔。」

這是當然，醫院本來就是那種地方。但如果只是會讓病患痛苦的無謂延命醫療，我自然也不希望讓外婆受苦。

「這有什麼不好嗎？」

「像這樣，在這裡的話，我們可以儘量只做早百合姐會覺得輕鬆但不痛苦的對應。她清醒時，我們可以陪她講講話，她剩下的這一個禮拜人生要怎麼充實度過，我們都可以盡心盡力，可是……」

說到這兒，石突女士嘆了口氣。

「要是入院，醫院就得把它們能用的所有招式都使出來，要是判斷需要進行延命治療，那就是輸血、利尿劑、升壓劑、人工呼吸器、心臟按摩之類的全都來。這只是把無論如何都要步上黃泉路的一個人硬是想辦法留在人世間而已，所以可能會導致全身浮腫、手腳關節都不能彎曲，有時候還可能連皮膚都壞死發黑、毛孔裡含養分的淋巴液都開始滴滴答答地往外滲，甚至有些病患在痛苦被不斷延長的情況下意識不清，成為重度失智……」

石突女士淡淡這樣解釋。我聽得啞口無語，不知該怎麼回應。

「這樣的話，你還希望讓她去醫院嗎？她如果是在這裡……」

石突女士指了指窗外的庭院。

「可以聽見鳥啼、聽見日常生活的聲音。一到了早上，便能聞到家人喝的味噌湯味道，家人跟朋友也能握握她的手，輕輕摸摸她……」

我嘆了一口氣。父親當年走的時候很快，我沒時間有這些心理掙扎。

第一次清楚面對生命是有所謂的壽命，會衰老、會死亡，是在小時候養的狗老死之際。原本熱愛散步的那條狗開始不喜歡出門，充滿好奇心的一對眸子也失去了光采，整天趴著不起來。我覺得很怪，把牠死拖活拖拉去了醫院，但獸醫的態度很曖昧，他不是說我家的狗長了腫瘤要手術，或是哪裡的器官發現了問題要處理，我那時候雖然只是個小孩子，也覺得他的態度很不明快。

「牠年紀大了。」
獸醫口中吐出這句我父母親也曾經說過的話，我卻是怎麼樣也聽不懂。年紀大了，所以呢——？

後來那條狗就像燃盡的蠟燭一樣，忽悠悠地死了。

小時候烙印在腦海中的那個疑問，仆然又在腦海甦醒。

「如果估計我外婆真的不會好轉、如果醫院的末期治療真的如您所講的這樣……」

斜陽從中廊盡頭的窗外斜長長射了進來，將把窗戶隔成四等份的窗櫺拉出了影子，窗影落在地上後也乖乖被隔成了四等份。我將穿著拖鞋的腳抵在那窗框影子上，吞吞吐吐地把軟弱無力的字句組合在一起，像個不得不找點什麼藉口的國中生一樣，雖然真心覺得自己沒錯。

「那麼繼續在家裡進行居家能做的照護工作，可能真的是對我外婆而言最有利的做法吧。」

石突女士溫柔一笑，接著忽然表情一肅，眼光掃向我的肩膀跟手臂。

「是啊，不過山彥先生，你的手……聽說你手不太舒服呀？」

我這才察覺我手又抬上天了。

「是，真不好意思，看起來很詭異，不過我這樣子比較輕鬆。」

「很痛嗎？」
「很痛。」
不痛的話，有人會擺出這種奇怪的姿勢嗎？
「四十肩嗎？」
「其實是三十肩。」
我已經決心要貫徹我這是「三十肩」的說法，就在現在這一刻。
「你去看過醫生了嗎？」
「看了，不過沒什麼用。」
石突女士一臉那當然嘍的神色，不過表情沒變。
「這樣啊？那麼冷敷跟熱敷，哪一個令你覺得比較舒服呢？」
我沒想過這問題，想了一下，感覺洗澡時好像也沒特別輕快，所以熱敷應該也沒什麼差別吧。
「我沒試過冷敷，不知道，不過感覺溫熱時好像也沒特別輕鬆。」
「是嗎？有時候西方療法沒效的時候，不妨傾聽一下自己身體的聲音，找看看有沒有什麼能讓它輕鬆一點的法子，可能也是一個選項喔。」
「是啊。」

這時候呼喚鈴響了。

「來——啦——」

石突女士說「晚點再聊」，便打開外婆房間的門。我也跟了進去。

外婆已經醒轉，正輕輕用肩膀呼息。

「你是……」

她一臉茫然望著我。

「我是山彥啊。」

「名字跟我孫子一樣……」

「我就是妳的孫子山彥……」

「昨天不是也有看到他嗎？」

石突女士一邊更換點滴，一邊若無其事地提醒她。

「山彥哪……？」

外婆的眼珠子困惑地緩緩轉動，沒有直視我。

「很久沒看到，一下子居然長這麼大了吧——」

「啊……對，真的是山彥……你們佐田的爺爺剛剛來了。」

我忍不住跟石突女士對望。

「他又來啦？一個人？」

「帶著一個小孩子，不知道是誰……我還以為是你呢，可是你都這麼大了，那應該不是你。」

「我想也不是。他說了什麼嗎？」

「說什麼……叫你要給稻荷神炸豆皮。我問說是哪裡的稻荷神啊？」

「他說哪裡？」

「說是……椿……宿……。」

「椿宿？」

我感覺好像在哪裡聽過，想了一下，但沒有頭緒。

「你大概知道是哪裡嗎？」

石突女士眼睛深處閃著一絲光芒這樣問我，這人該不會好奇心很旺盛吧？

「我覺得好像在哪裡聽過，但一時之間想不起來。」

這時候忽然聽見門外傳來母親喊我的聲音，我應了聲，走出外婆房間。

「什麼事啊？」

母親正在跟阿姨在客廳裡把一些舊電話簿子、記事本跟信件之類的翻出來，不曉得在製作什麼清單。

「你有帶喪服來嗎？」

「沒有呀，怎麼可能——！」

我當下想也沒想，口氣極差。

「這樣啊？我那時候出門前也有點猶豫要不要提醒你，感覺好像有點觸霉頭，現在想想好像應該跟你說喔。」

「我正在跟外婆聊重要的事，沒什麼要緊事的話，我就先回去了。」

我又轉頭往外婆的房間走。身後傳來母親愣愣的聲音問道「咦，他生氣啦？」為什麼這個人就不能多長點心眼呢？

「已經講完了嗎——？」

石突女士用一種長得像削鉛筆器的東西正在刨冰，我不想在外婆面前提起母親剛才問我的事，便看著她的手問：

「那冰，天氣這麼冷，不會太涼嗎？」

「房裡很暖和，而且吃冰比喝水更容易攝取到水份呢。喝東西其實很累，如果是刨冰的話，身體就會準備好——噢，是刨冰耶，吃嘍——！」

這時候外婆魚尾紋縱得更深了，不曉得是不是看到了刨冰很開心。

「早百合姐，要加什麼口味？」

「……煉乳。」

外婆聲音小歸小，但回答得很果決。看她這樣，真的很難相信一個禮拜後她就要走了。我忍不住抱怨起來。

「我母親怎麼會那樣……」

雖然沒想發牢騷，但一不小心就說溜了嘴。

「你母親……」

外婆跟著我說，我趕緊搪塞過去。

「不是，沒事沒事。」

「他是山彥，所以山彥的母親，就是野百合小姐，也就是早百合姐的女兒嘍。」

石突女士一邊這樣在旁邊自己一個人確認，一邊淋上煉乳。

「我當然知道……我至少也知道野百合是我女兒呀——」

外婆莞爾一笑。

「也真辛苦妳了……」

說完輕輕一嘆，我從來不知道原來嘆氣也可以這樣溫柔。

石突女士問：

「我聽說野百合這名字是從聖經來的？」

「是啊……我本來想把第二個女兒取名為『百合香』，但百合香味有點……太豔了……」

第二個女兒，也就是我阿姨的名字被取名為「百合根」，聽說阿姨年輕時不時發牢騷——「香氣太豔是一回事，百合還是比蔬菜好吧？人家姊姊的名字是花店，我的居然是蔬果行。」母親安慰她說「百合根有什麼不好呢，我還比較喜歡百合根呢。很多人討厭百合香，但沒有人會討厭百合根」。扯到這話題時，母親還會再加上一句——「野百合聽起來實在太強韌了，一點都不細膩」，但就我所知，沒有人會同情這點。

外婆不曉得什麼時候又闔上了眼睛，已經半是沉入夢鄉了嗎？正這麼想，她忽然又把眼睛睜得霍亮。

「你又來了……要是有什麼事想跟山彥講，你就自己去跟他說呀……不要老是來拜託我這個快死的人……」

佐田的爺爺又來啦？我忍不住想笑，但一想現在適合笑嗎？該不會不妥吧？趕緊唔——地悶聲忍住，石突女士卻在一旁放聲大笑了。

「早百合姐，妳看人家這麼仰賴妳啦——」

「所以他說了什麼？」

「冰……」

好像要講下去的話就得先潤潤喉嚨。我順著她的要求，打開了小冰箱，從冷凍庫裡拿出冰塊，放在石突女士剛用過的那個刨冰機上。接著把舉起的左手肘抵在那刨冰機上，用右手轉動搖桿，這麼一來，冰屑就像削鉛筆一樣輕飄飄綿柔柔地被削了下來，一試之下發現很好玩。

「做得滿熟練的嘛，你手還好嗎？」

「嗯，現在還好，看來做這個不會受影響。」

「……煉乳。」

外婆沒睜開眼睛地直接閉著眼皮說出要求。我淋上煉乳，送到她嘴邊，石突女士在一旁說：

5.出自《馬太福音》6:28，「何必為衣裳憂慮呢？你想野地裡的百合花，怎麼長起來，它不勞苦也不紡線，然而我告訴你們，就是所羅門極榮華的時候，他所穿戴的，還不如這花一朵呢。」

「對，就這樣，一點點就好。加煉乳只是要多點香氣而已……哇，做得真好——」

「謝謝……夠了……」

石突女士用綿紗布擦拭外婆的嘴邊，一邊說：

「所以後來呢？」

催著外婆繼續講下去。

「後來……？」

外婆像小女生一樣天真浪漫地複誦。

「佐田的爺爺說了什麼——？」

「喔……我忘了……」

接著又呼——的睡著了。我跟石突女士你看看我、我看看你，忍不住嘆氣。

「很幸福呀——」

石突女士輕聲說了一句，似乎心滿意足。

我離開外婆房間，走到擺在會客室前的電話桌前拿起話筒，想打個電話給海子，再跟她確認一下假縫針灸院的詳細地址，這時——

「山彥啊——」

母親從客廳喊我。

「怎麼了?」

我放下話筒走去客廳。

「外婆跟你說了什麼?」

「沒什麼啊。」

「你剛不是說你外婆在跟你講什麼重要的事嗎?」

母親坐在一張老舊的扶手椅上，正戴著眼鏡對著電話地址簿不曉得在筆記本上抄些什麼，我猜大概是在製作喪禮時要連絡的清單吧。

「她聊了她女兒的名字叫做野百合跟百合根。」

「噢~~終於發現自己給女兒取的名字很糟糕，開始後悔啦?」

哼，那她給自己兒子取的名字就比較好嗎?我要是這樣問，她一定會推說那是你爺爺取的，我哪有辦法啊。哼哼，事關妳兒子一生大事，妳就沒想過要爭氣點，挺身而出嗎?哎唷，你那名字有那麼糟嗎?我是覺得有點特別啦，但也不是太糟糕，所以覺得好啊，要那樣取就那樣取吧。喂喂喂!妳在說什麼啊，名字是要跟人一輩子的，妳要怎麼跟我交代啊?這是為人父母的責任耶！

我們吵得很兇，但一切是空，只在我腦內發生。腦外，依然是手舉得高高的活像個地圖符號的我呆立原地。母親瞄了我一眼：

「快中午了，你阿姨在煮烏龍麵，你去叫石突女士來一起吃吧。應該馬上就煮好了。」

「好。」

我離開客廳，走去打開外婆房門，小心別吵醒她，悄聲告訴石突女士後，石突女士默默點頭笑了笑，給了我一個知道了的表情，我又再度帶上了房門。

咦，我本來要做什麼？

對了，我要打電話給海子。

我又再度拿起話筒。

「喂——」

「喂，我是山彥。」

「噢。」

話筒中傳出海子的聲音，聽起來很消沉。

「我現在在我外婆家……」

我說明來龍去脈，包括外婆真的來日無多了的事，還有我舅舅偶然提起了假縫針灸院的事。

「我剛好也跟公司請了假，所以想去那家針灸院看看，就妳上次說的那家。」

「你外婆的情況還好嗎？你不在身邊看著沒關係嗎？」

「我也不知道。現在情況不能輕忽大意，但也不像立刻就會有什麼變化的樣子……。長照護理師說她還有一個禮拜，假設她說的可以信，那麼這一個禮拜內應該沒關係……」

「所以你會在那裡待上一陣子嗎？」

海子的聲音聽起來依然無精打采，但我也沒聽過她聲音「有精神」就是了。

「是說我這邊……我爸好像快不行了。」

「咦……！怎麼這麼突然？」

「他自己忽然這麼說的，說什麼不行了，有人來接他了。」

「你們那邊也是？」

「嗯，所以你們那邊也是嗎？」

沉默瞬間流過，一會兒後，

「我們這邊好像是佐田家的爺爺來接……」

「我們家這邊是大黑天，好像……」

「大黑天？為什麼會是大黑天？」

「不是大黑天嗎……？還是福助？黑色的福助不就是大黑天[6]嗎？」

「不是吧？」

我也沒把握，但還是這麼回她。

「不曉得啦，反正就說是一個黑色的福助來接他，就這樣。」

唔——，我不禁陷入沉思，感覺好像在猜謎。

「爺爺那邊呢？」

「說什麼叫我要記得給稻荷神炸豆皮。」

「什麼意思啊？」

唔……，對方也陷入了沉思。

「好像說是在椿宿的稻荷神，妳知道椿宿在哪裡嗎？」

「椿……宿……，那不就是我們老家那塊土地的舊地名嗎？」

不曉得為什麼，這句話帶來的衝擊通過了話筒直衝向我耳畔。

「現在地址被改成了什麼什麼市什麼什麼區幾號幾號之類的，但我記得小時候，他們說起那裡時的確是說椿宿。我還記得小時候覺得那名字好特別。」

被她這麼一說，我也忽然想起，難怪我會覺得好像在哪裡聽過。

「所以那地名現在已經不用了嗎？」

「不曉得耶。你那邊不是有租賃契約嗎？上頭應該有寫吧。」

「那上頭沒有椿宿這兩個字，好像是什麼更無趣……就像妳剛剛講的那種很普通的地名。」

「好奇怪噢，原本的地名從地址上消失後，感覺連精氣神也沒了。」

「精氣神？妳是說土地還是人？」

「我也不曉得……」

海子又停了一會兒後說：

「你不覺得很奇怪嗎？長男取名為道彥，次子卻叫做藪彥，藪是雜草叢生的沼地耶，這也差太多了吧。」

「林藪裡突來一棍[7]。」

佐田家爺爺的名字叫做藪彥，之前他的名字從沒出過什麼問題，所以我也沒覺得有什麼奇

6.福助是一種招福人偶，大頭並梳傳統丁髻、採正座姿勢，與七福神之中掌管財富與福氣的大黑天造型相似。

7.原文為「藪から棒に」，草叢裡突然伸出一根棍子，讓人大吃一驚之意。

怪，但聽海子這麼一說，的確，道彥跟藪彥，父母親取名字時的大小眼心態昭然若揭。

「曾祖父以前是植物園的園丁，又是植物學家，該不會是對藪地也抱持著一番敬意吧，覺得是生命密度很高的集合體？」

「但還是差太多了啦！藪彥爺爺叫你要給稻荷神炸豆皮，意思是說椿宿——也就是我們老家那塊土地上有個稻荷神嗎？是吧？」

「我也不敢確定，也有可能是我外婆亂講。」

「但要是真的有呢？」

「有什麼？」

「稻荷神哪，現在那邊沒人住吧？」

「是啊，那個宙彥家搬走後，現在就一直空著，我也覺得不能就那樣一直放著不管。」

「要是那裡真的有個稻荷神，之前不就一直都是宙彥家的人在供奉？」

「誰知道啊——」

「要是他們一直供著那個神，他們搬走後，那神不就沒有人管了？」

「可是那又有什麼辦法？又不是小孩，也不是什麼老得站不起來的老人家，好歹得自己想點辦法吧？」

「你這是說給稻荷神聽的？」

「不然呢？」

海子「哎——」地嘆了口氣，接著忽然急切地說：

「山幸，我覺得你真的應該要趕快去看那個針灸師傅，我們之後再聊。事不宜遲，愈快愈好，你什麼時候去？」

我被她連珠炮的氣勢壓住，想也沒想就說：

「今天吧……」

現在還是早上，如果下午去的話，今天之內應該能去一趟。

「我先打個電話過去問看看，晚點回你，先掛嘍。」

掛斷了五分鐘後，電話再度響起。想當然耳一定是海子，她對我下達指令——假縫針灸院正好今天下午不忙，你現在就去！

根據海子的說明，那裡是個沒有很熱鬧但也不是太僻靜的海邊小鎮。從最近的車站搭公車過去，大約十五分鐘車程。黑忽忽的低矮木屋沿著蜿蜒緩坡路一戶挨著一戶，家家戶戶的窗上都裝了格子窗，室內應該會有點暗吧。我還看見一些掛著老招牌，也不曉得究竟有沒有營業的咖啡店跟代書事務所之類的店鋪。沒看見半個人影，也沒見著海，但是迎面拂來的風中的確飄著海的味道。天空中也有老鷹翱翔，還聽見了海鷗不曉得在哪兒鳴叫。我照著寫了海子指示的小抄沿著公車行進的方向走了幾公尺後，拐進左邊小巷。那是條不算是柏油路，比較像是拼拼湊湊的水泥路的小巷，雖可以與人會身而過，但要開車進去恐怕有點困難。走到盡頭，一拐進右手邊，巷子更是窄得僅容一人獨行，即便如此，家家戶戶門旁還是擺了仙人掌之類的植栽。

就在這條巷子往上走到底的地方，掛了個假縫針灸院的招牌，有扇裝了霧面玻璃的拉門。我沿著門前那根斑殘的木柱抬起頭來上上下下地找，完全找不到一個類似門鈴的東西，只好打開拉門，怯生生地喊——

「不好意思，我是剛才打電話來的佐田……，有位佐田海子介紹我來……」

靜謐無聲。空氣裡頭感受不到任何一絲人的動靜，該不會沒有人在吧……？

「不好意思——」

正打算再喊一次的時候……

「佐田先生啊？」

突然從後頭蹦出這麼一聲，嚇得我當場往後退。就在我退的時候，肩膀不經意那麼往後一縮，登時一陣劇痛襲來，疼得我是當場跌坐在地上無法吭聲。

「哎呀，對不起，嚇著你了——」

假縫針灸師說著伸出了手，撐在我雙腋下，緩緩攙著我起來。

「能動嗎？先伸出右腳，對，然後左腳。好，好像沒問題。」

他引導我走進玄關的泥地處，讓我在台階上坐下。這時剛才那陣劇痛已經緩了很多，不再那麼痛了。

「不好意思。」

「不，該說不好意思的是我。」

我這時才仔細端詳了一下這個人。仙風鶴骨，白髮白鬚的仙人貌。照我以往經驗，又或者是所見所聞，這時候出現的往往會是跟先前想像的截然不同，讓人覺得「噯……不會吧？」的長相，但這次這個倒是很符合我原先對於「謎般針灸師」的揣想，但很奇怪地反而給人一種不太自然的感受。

「那麼你慢慢站起來，往裡邊走。」

我照他說的脫了鞋，緩緩站起，感覺到假縫的視線正聚焦在我身上。我搖搖晃晃往前踏出一步，又再度感受到他的視線。他一定正在觀察我的動作吧？我暗忖，更加在意自己的動作會不會跟平常不一樣，要是不像平常那樣自然動作的話，不就不能讓他做出正確診斷嗎？我更加焦慮了。

踏上玄關台階後，一進去是個約有三張榻榻米大的房間，裡頭鋪了幾張坐墊，大概是待診室吧。紙門後頭有一間更大的房間鋪了地毯（這時紙門是拉開的，平常是否拉開則不得而知），不曉得患者是不是就在那裡接受治療。

「請你坐在那邊。」

房間角落裡擺了兩張面對面的椅子，我在其中一張坐下，假縫則在我對面坐下。

「不好意思，這次這麼突然跑來。」

我點頭致意，假縫說：

「你怎麼又道歉了呢？」

「嗯？」

「你從剛才一見面——差不多就在幾分鐘前吧——已經跟我道了兩次歉了。」

好像真是這樣，可是我只是順著對話內容很自然講出來而已，並沒有什麼卑微之意，也不是敬畏他。不過他講的也是事實，我只好承認。

「好像真的是這樣。」

「你不太喜歡跟人起衝突嗎，個性上？」

講起來是吧，沒錯。

「是吧。」

「但是治療這件事本身，就是會起衝突的一件事喔。」

我沒想到居然會聽到這樣一番話，當下不曉得要怎麼反應才好？講直白一點，我意外得耳朵都快要掉下來了。當然我耳朵並沒有真的掉下來，要是真的掉下來，就得先解決那個問題了。只是我當下是真的愣住，覺得「耳朵都要掉下來了」這形容真是太貼切了。假縫又繼續說：

「假如不用興風作浪，起什麼衝突，那當然最好。我們會先找幾個承受比較多壓力的穴位，對那裡刺激看看。如果這樣就能治好，當然再好不過。不過有些是從祖先好幾個世代之前就一直積累下來的問題，纏纏繞繞、晦澀難解，你要是真有心想做點什麼——當然，要徹底解開這些葛藤是不可能的事——某種程度上，就得給它興風作浪一番，你有這個決心嗎？」

我再次不曉得該怎麼回答這個人。我沒那個決心，所以我如果不願意的話，就不能在這裡接受治療嗎？

「當然也可以不治療。」

開什麼玩笑？我都痛成了這樣，有人痛成這樣還不治療的嗎？如果有，那不是自願接受拷問的求道者，就是追求什麼難以理解的快樂之人吧。

「我這一定要治療才行，我就是因為這樣才來找您。如果您知道我這些毛病——分別是三十肩、椎間盤突出、腰痛跟頭痛——是怎麼來的，我想至少要把這些疼痛問題給解決掉。我家祖先的事，我對他們沒什麼感覺，如果我們能先不管那方面的問題，只聚焦在我的疼痛問題上，我會比較容易了解，非常感謝。」

「問題就是疼痛到底是怎麼來的呀。」

我並不是為了要聽他講解這些而來呀。

「不是，我是說，我希望您能幫我解決我的疼痛問題。」

「所以真正痛的地方到底在哪裡？」

這是什麼禪宗問答嗎？我痛的地方就是我的肩膀、手臂、腰跟頭啊！

「我剛才已經跟您說明過我身體有哪些病痛。」

「那些只是疼痛顯現出來的部位而已。」

我懷疑這個人到底知不知道他的患者碰到了什麼急切狀況，又是被逼到了什麼程度才會跑來這裡找他，開始有點不滿。

「我以為問題出在我的患處，所以您的意思是說，要確認造成這所有一切疼痛的根源是在哪裡嗎？」

「這不是單一原因所造成，是好幾個沒被意識到的疼痛問題糾結在一起，發展成了無法忽視的規模後，在無可奈何之下才以患者本人也能察覺得到的痛楚在『那些部位』展現了出來。這是沒辦法根除的，也不見得根除才是最好的方式。更何況有些情況，這些問題跟患者之間的連結怎麼也切不斷。但我還是會想點辦法幫你，我們這兒就是這樣的針灸院。」

所以他是說治不好？他是在這樣宣告嗎？我不禁心情頹喪。

「我堂妹現在也在這裡接受這樣的治療嗎？」

「你是說海幸比子小姐嗎？她是個很勇敢的人喔，嗯，真的很勇敢。」

我心底頓時一涼。他好像在說跟我堂妹相比，我是個膽小鬼。假縫直接提起了海子的真名，所以我相對之下就是神話裡頭的山幸彥。膽小陰險的山幸彥形象，感覺就要開始被套在我頭上了。

往椿宿之路──其一

「你的情況，我想讓龜子幫你看一下再來打算該怎麼治療。」

假縫鄭重地這麼宣布。

「鍋子？」

我雖然也覺得不可能，但假縫的發音怎麼聽都是鍋子，只好確認一下。

「不，是『龜子』，她在後頭。」

不是「鍋子」，是「龜子」？還是他說的是「鬼子」？愈來愈古怪了，我趕緊跟上正要拉開紙門往後頭走的假縫身後。

「你在這兒等就好，我們還要準備一下。」

準備？準備什麼？他剛說要讓龜子「幫我看一下」。有「烏龜」，還有「準備」……，這幾個詞在腦中連結在一起，腦海中浮現一個龜甲占卜的祭壇（雖然實際上我也沒看過）。不過我的想像似乎雖不中亦不遠，當他說「好了，請你進來」的時候，讓我進去的那個房裡有個長得跟他一模一樣，脖子好像往下嵌在肩膀上的人正跪坐在坐墊上等我，而且看起來好像是個女人。不過，沒有祭壇。那位龜子一見到我，悠悠然地點個頭，指著面前一個坐墊說：

「請坐。」

假縫則坐在我後頭。

「請你放輕鬆，你有肩膀痛跟其他疼痛問題是吧？」

「是。」

「稍等一下。」

說完似乎開始冥想了起來。

我的生活應該跟這種事情完全沒有接點吧，但不曉得是不是因為外婆說了「佐田的爺爺來過」，我覺得或許稍微聽一下這方面的意見比較好，就算是為了理解外婆她到底在說什麼。於是我安安靜靜，等著看對方怎麼出招。

「有位神明說祂願意幫你。」

龜子慎重而徐緩地說。

「幫我？」

「減輕病痛。」

這當然求之不得啦，不過神明也有很多種，日本的神大概有八百萬名吧，其中應該也有惡神，要是跟那一類神扯上關係可不是開玩笑的。我也不是真相信，但不信歸不信……

「所以，請問是哪位神呢？」

我居然就順著她的話這麼接了下去，這種性格也是讓自己感到困擾的原因之一。不過眼前這情況，或許不這麼說也不行，還得考慮到外婆……。

「該怎麼講呢，是個非常、非常謙虛的神。以神來說，算是很罕見的類型吧。祂謙稱自己是個小小、小小的稻荷神。」

「小小的稻荷神？」

嗯？什麼情況？

「是的。祂說要是大家都沒想起祂，祂感覺連自己都要忘了自己是個稻荷神而就此消失了。如果可以，即便只是偶爾，盼望你能去祭祀祂，這樣祂或許也能給你提點什麼建言。」

原來如此，果真是個很謙卑的神，而且還很老實。我雖然沒見過祂，但感覺這個「神」的處世態度跟我自己非常接近，我甚至開始覺得為了這個神，願意兩肋插刀。

「好的，我會去祭祀祂，明天就去。」

「現在這位因為是神明，我讓祂先講，還有一位說祂也有事想跟你說。」

原來這世界也有先來後到，不禁讓人感慨。

「那麻煩祂了。」

「這一位說祂是你的爺爺。」

我就知道！

龜子闔上了眼睛，微微點頭，之後緩緩抬起臉。

「祂說你去拜稻荷神的時候，最好別忘了帶點炸豆皮當供品。」

炸豆皮、炸豆皮，就只曉得要我帶炸豆皮。其他應該還有更要緊的事要交代吧？

「麻煩您跟祂說我會準備。」

龜子又低下了頭不曉得點哪點在點什麼，忽然間氣勢昂揚把頭一抬，筆直地盯著我眼睛。

「不好意思，這有點難以啟口，但你爺爺說你去的時候叫我也要跟著去。」

「嗄──？」

爺爺一定是不相信我！這念頭瞬間像直覺一樣轟上我腦海，我連應該先懷疑這個龜子講的話可以信任到什麼程度的尋常質疑與思考都拋諸了腦後，完全不懷疑地湧上了這個念頭。我對於給我取了這種怪名字的爺爺，似乎從以前就在心裡藏著畏懼。
「可是這樣不會太麻煩您了嗎……？」
「不會不會，我沒關係。」
「那麼愈早愈好。」
假縫忽然從後頭這麼插了一句。龜子又閉上了雙眼。
「稻荷神說有個一直在移動，遲遲掌握不住的幽穴，叫做椿宿。」
椿宿？
沒想到居然在這裡又聽到了這名字，這個人應該什麼都不曉得才對呀。
我對她原本不以為然的態度這下子不得不有了轉變。
可是「幽穴」是什麼？是經絡的穴位嗎？按照她的上下文來想，應該是吧，總不可能是「壺器」[8]吧？但是「徬徨遊走的壺器」好像又比「徬徨遊走的經絡」更容易令人產生想像，畢竟經絡這東西又沒有形體，應該沒有才對。
「嗯——」
假縫尋思了半晌。
「還是麻煩你先到治療床去吧。」

他邊起身邊催我過去，龜子對我微笑著點點頭，所以……她已經幫我「看」完了嗎？我努力掩飾心中的衝擊，剛剛龜子那一番「椿宿」的發言其實對我帶來了不小震撼。我向她欠身致意，接著走到隔壁房間，站在治療床前。

「身上衣服要脫下來嗎？」

「是啊。」

於是我脫掉了上半身衣物，躺在治療床上，心中浮現了「砧板上的鯉魚」這句話。

「龜子師傅啊，她是假縫師傅的雙胞胎妹妹喔。」

回家後，我打了電話給海子報告經過，她忽然打斷我，開始滔滔不絕講起了龜子的事。

「聽說從以前就是第六感比較敏銳的人，還說兩兄妹一起合作幫病患治療，不過她沒幫我看，因為假縫師傅覺得我的病因不是出在我身上，而是出在什麼更深層的問題上，結果就問了啊，說我們家有沒有親戚跟我一樣飽受疼痛問題所擾，很仔細問了我一遍。」

「所以難怪妳建議我要去給他看，因為跟妳自己的身體疼痛問題也有關係嘛。」

8.「壺」與「穴」的日文發音皆為ツボ／tsubo，因而有此連想。

可能我話中稍微帶了點刺吧，不過要是這樣就被刺到，她就不是我堂妹海子了。

「是啊，怎麼樣？」

她肯定正在電話另一頭跋扈地抬起下巴，我幾乎可以想見。

「沒有，沒怎樣。」

「所以那個徬徨遊走的經絡『椿宿』，後來找到了嗎？你不是讓他們給你治療了嗎？」

「是啊，治療了，不過不是用針，是灸。假縫沒有多說什麼，但幫我看了可能跟我疼痛問題有關係的一些經絡。不過我想問問龜子師傅，為什麼這件事不但牽扯到我們佐田家，連我外婆都被扯了進來。」

「所以呢，現在怎麼樣？」

「什麼怎麼樣？我外婆的情況嗎？還是我的身體？」

「兩者都有。」

「我外婆的情況不好歸不好，也算還滿穩定的，我也是。不過該怎麼講，我感覺我自己的身體正在騷動。活化，應該這麼講嗎？我覺得身體上被放了艾灸的感覺還滿奇妙，有點緊張，有些燙，但也感覺得到身體鬆了開來。」

「有感覺就很好啦，我做的是針刺，一開始不像你這樣有那些覺知，不過感覺去了那邊之後，之前一直不受管制、各痛各的各種疼痛都開始按照順序痛了起來，雖然也不是痊癒了就是。」

「是噢──」

她說的，我也有感受。

「藪彥爺爺好像也在龜子那裡出現了。」

「為什麼？」

「叫我去祭祀稻荷神時要記得供奉炸豆皮。」

「又來啦？祂不是也跑去你外婆那邊這樣講嗎？」

「是啊，大概不信任我吧，爺爺從以前就比較疼妳。」

「那是因為你是個陰險又討人厭的小孩啊──」

我吃了一驚，我自己從來沒有這樣的意識，但假使她說的是真的，很多事情就容易理解了，只好接受。

「我沒有這種自覺呢，我不覺得我是個陰險的小孩。」

「這才是真陰險哪。」

語意不明，我最畏懼這種很女性化的跳躍邏輯了。

老實說，我的疼痛問題好了很多，只是不想講出來讓海子邀功，所以講得含蓄了一點。其實現在我痛得哀號的時間已經少了一些，心中開始升起想積極接受這對假縫兄妹「療法」的念頭。

「總之我明天會去老家一趟，機票已經訂好了。」

「哇，這也太突然！你知道要怎麼去嗎？」

「我知道地址，看地圖找應該就找得到。我會先搭公共交通工具去那附近，最後可能會搭計程車吧。」

「你到了那邊以後有什麼事就打給我，你會在那邊待上一晚吧？」

「應該要待一晚，不過因為我外婆現在是這種狀況嘛，我也不想待更久。」

「而且龜子也會一起去。」

「不曉得她會怎麼行動，我完全沒有概念。」

「山幸啊——」

「是。」

「祝你順利。」

「感謝。」

我的順利也關係到了她的健康，她不拚命幫我祝福也不行。掛斷了電話後，我去外婆房間探了一下，發現石突女士還沒走。

「你回來啦，針灸的情況怎麼樣？」

「呃……不曉得為什麼，事情發展成我明天得回我父親的祖先老家掃墓一趟。」

我是臨時才想到「掃墓」這個字眼，不過這字眼用來解釋我為什麼要突然回老家應該算是個萬人通用的托詞，連我自己也覺得太神了。

「哎呀呀——！」

石突女士好像有點意外，她那表情就寫著「怎麼跟我想的完全不一樣，但背後感覺好像有什麼原因吧，可是又不曉得該不該問」。這時外婆微微睜開了眼睛。

「烏龜要把山彥帶去了，對吧？」

「誰說的？」

「佐田家那個啊。」

「嗄——」

「還笑了呢，呵呵呵地。」

被笑的我感覺有點氣惱，人都不在了，還這麼悠哉呀？

「有提到稻荷神嗎？」

「……」

睡著了——石突女士在旁邊這麼說。外婆已經完全閉上了眼睛，感覺她皮膚周圍好像滲出了一種朦朧淡白的不似屬於這世界的寧靜。這時來房間探看的母親一臉貼心女兒的模樣說，身體是不是有點腫哪？

到目前為止，我連一次都沒去過椿宿。就我所知父親也沒去過。如果走陸路，要搭特急電車再渡海，至少要花上半天時間，而且現在已經好很多了，爺爺那個年代只花一天一定到不了。我猜父親對這點應該也很有印象，難怪他從沒起興要回去了。

「怎麼會突然想去那種地方？」

母親一聽我說明天要去椿宿，馬上目愣口呆。

「以理由來說的話，不是別的，就是外婆口中居然說出了稻荷神跟椿宿這兩個字眼。接著跟外婆應該沒有任何關係的我今天去看的那兩個針灸師傅，居然也提到了同樣的事。我想這應該不是巧合，否則就太巧了。也許是有什麼看不見的力量在背後運作，這方面當然也無從確定，只能暫且保留。而且我自己本身就是椿宿老家的繼承人，卻一次也沒去過，老家現在又成了空屋，我有必要去確認一下現況。剛好我現在又請了比較久的有薪假，要去的話就趁現在。以上種種原因加總起來，因此所以。」

母親不吭聲了半晌。

「我還是不能理解，但又不知道該怎麼回你。」

阿姨勸她：

「反正佐田那邊應該也有什麼事情要處理吧。」

雖然不清楚，但應該是有什麼不處理不行的狀況——阿姨非常有她風格地一點也不囉嗦，點頭就讓我走。

第一次回老家，如果可以，我也想搭鐵路跟船班，按照一般行程慢慢過去，但外婆現在是真的病在危梢，沒那個時間讓我慢慢晃。飛往椿宿最近一個機場的班機只有早上、正午左右跟傍晚三班，我只能選擇早上（其實因為是臨時訂票，其他兩班都已經滿了）。這麼一來，只好一大早還沒五點就從外婆家出發。

不用說，冬日的早晨嚴寒刺骨。

沿著宛如夜的延長的昏暗道路抵達了媲美秘密團體集會所的車站後，搭上了第一班電車。

本來以為乘客應該不多，但車站裡有些遠程的通勤者、像我一樣帶著旅行包的人，還有親子組帶著不斷揉著惺忪睡眼好不容易才勉勉強強站好的小孩等等的人，雖然還不到人潮洶湧，也不算閒散。

在電車裡搖搖晃晃之間，外頭漸次明亮，我開始看著被落霜覆蓋成一片雪白世界的原野與農田。抵達了終點站後，轉搭機場巴士去機場。到了這裡，已經完全是都會景象了。我從車上往下望著趕著去上學的快要遲到的高中生的腳踏車、急急忙忙衝向公車站的通勤者，就這麼看著看著，高底盤的機場巴士開上了高速公路。車內灑滿了午前明亮的陽光，乘客們可能都是一大早就出門吧，沒一會兒就昏昏沉沉打起了瞌睡，像要把被剝奪的睡眠給搶回來一樣。

抵達了機場後，我抬頭看著搭機樓層的告示牌，找尋要搭機的登機口時——

「佐田先生——」

身後傳來了招呼聲，我一回頭，看見假縫跟龜子兩人像一對石獅子一樣笑咪咪地站在那裡。對了，我跟她約在這兒碰頭。我當然沒忘，只是要去一個從沒去過的地方，心裡頭的緊張與雀躍把要跟她相伴同行的這件事實給推到了心底的角落。假縫說：

「我就送到這裡了，之後還有患者要來，我得回去了。」

假縫的私生活也渾然像個謎團。

「雖然是自己的故鄉，我也沒去過，也沒把握能不能順利抵達目的地。」

「是嗎是嗎？」

龜子笑道。她說「是嗎是嗎」是什麼意思？假縫覷著（肯定是）一臉不解的我，催我說：

「你們還是早點去吧，我先走嘍？」

「不好意思，還麻煩您特地過來。」

他快步離開。龜子催我啟程。

「那——」

「那——」

兩人走向行李與旅客的安全檢查處，好不容易通過了那裡後趕緊趕著去登機口，結果沒想到登機口居然在一樓。搭電梯下去後，發現是個像公車站一樣的空間，而且玻璃牆的另一側其實就有公車等在那兒，會把乘客載到飛機停放處。接著，乘客們會走下公車，爬上登機梯，走向飛機裡的座位。

這裡是邊境。

飛機停放處，就已經是機場的邊境了。

決心，也必須下定。

正要把行李放在上方行李櫃的時候，一陣劇痛忽然襲了上來。最近我根本不敢妄想可以辦到像這種把東西放在上方架子上的動作，但可能艾灸過後，隱約覺得可以挑戰了吧，只是事情沒有那麼順利。

「對噢，你不方便。」

龜子從旁邊一把拿走我的行李，迅速脫掉了草履，一腳踩在座位上，把我的跟她的行李同時塞進了行李櫃裡。她個子不高，還穿著和服，沒想到行動這麼敏捷。我開始覺得跟她同行或許也不是一件壞事。

椿宿在我家裡幾乎從不曾被提起，因為連那名字也幾乎被遺忘了。

飛機抵達後，我們預計搭機場巴士到當地最熱鬧的市街，再從那邊的車站前往離椿宿最近的車站，這應該是最合理又最省時的方法。

那邊的機場建築就像是個形狀非常單純的箱子，機能也很簡單。抵達後，我們完全沒花時間找，直接就搭上了機場巴士。在飛機上時有飛機噪音，我跟龜子兩人沒怎麼講話，但像現在這樣在車上搖搖晃晃的，不講點什麼好像有點奇怪。我看見車窗外有平時居住的地方完全看不到的椰子樹之類的樹種。

「沒想到會看見那種樹被拿來當成行道樹呢，不愧是附近就有黑潮流經的地區。」

我想自然而然聊點無關痛癢的話題，於是這麼丟了球給她，沒想到應該接球的龜子卻漏球沒接。我見她腦袋微微一頓一頓的，心想大概是在打盹吧，於是沒再多說話。

但過了半晌，她突然口齒清晰地問：

「我們今天要住哪裡？」

轉頭一看，她眼睛霍亮。

「我訂了附近旅館……兩間單人房。」

後面那句應該不用說吧，但反正我加上了。

「有人說我們既然都來了，就應該過去住一晚。那人的口氣非常堅持，於是我便去問了那位稻荷神。稻荷神說，祂雖然不是很建議我們這麼做，但要是我們堅持，祂建議我們先租好被子帶過去，那兒非常冷，寒氣對身體不好。稻荷神語帶顧慮地這麼說。」

我一時瞠目結舌，不知該回她什麼。我剛才丟了無關痛癢的「話題球」給她，原來她是閃球不接，直接遁入了冥想。

「……原來有黑潮流過還是會冷啊？」

我也覺得這樣回答很無趣，但還是這麼回了。也覺得好像有一些其他事情該問、該質疑，可是該怎麼講呢，就是完全不清楚到底該問些什麼、質疑些什麼。說真的，我對於要不要相信這位龜子的話，跟那個稻荷神還有不曉得到底是什麼的「很堅持的某位大德」產生積極連結還有所疑慮。我當然也知道什麼也別想地先接受目前這種情況，可能對於我外婆的事還有我自己的疼痛問題會有幫助，也許會帶來某些突破的契機——至於海子，老實說我不是很在乎，但如果能連她的疼痛問題一起解決當然很好——所以我才會去找假縫，也沒拒絕讓龜子跟我一起來，可是真要說起來，這些都還只能算是消極參與，在我的認知裡，「消極參與」與「積極參與」是有很大不同的。像海子那種單純沒腦的人可能不懂得這兩者的差別，但對我來說，這牽扯到我如何繼續保有自我觀察、解讀這世界觀點的這些事關自我存在認知的一等大事。

成為會出醜而難看的人生「當事者」，對我而言到底還是無法接受的一種情況。不是好或壞的問題，我不是靠著善惡來生存的，這是我從快懂事起就漠然抱持的一種傾向。

也許海子本能嗅出了我這種性格而對我抱持了「陰險」的印象吧。沒辦法，那個人懂得的語彙不多。

只是沒想到我自己的人生居然會出現「疼痛」這種問題，真是讓人啼笑皆非。「疼痛」會把人不由分說地推向「當事者」的位置，現在這情況，都有點悲喜劇的情節了，真是什麼混亂的場面。

「會冷吧，畢竟是冬天。尤其夜裡。」
「那麼到了車站後，我們先去旅客中心問一下有沒有什麼棉被出租店吧。」
聽見龜子那麼說，我回了一句與內心感嘆完全無關的事務性回答。
巴士駛進了市區。

龍宮

巴士途中行經一座大橋。那橋之所以那麼長，不過只是因為河床廣闊，河流本身倒是細流。從前這片河床滿水時大概是條大河吧。我忽然想再確認一次目的地，從口袋裡掏出了地圖來看。

「您看，我本來想從這裡搭電車過去，但我看了一下地圖，搞不好直接搭計程車過去還比較快。」

我指著目的地給龜子看。從離椿宿最近的一個車站「投網」站得搭計程車才能去椿宿，但看起來，那距離跟從這裡直接搭計程車過去差不多。「可能要多花一點計程車費，但時間也不充裕。」

「這樣子啊。」

龜子點點頭，默不作聲。一會兒後忽然站起。

那時車內剛廣播了下一個站名。

「咦？」

我們原本計畫下車的「莖路中央」站應該還沒到吧，但龜子已經快手快腳把行李從架上拿了下來，走向停車靠站的巴士下車門。我也趕緊跟上去，畢竟行李被她拿走了，不跟上去也沒辦法。

結果我們兩人就那樣下了車，巴士把我跟龜子留在交通流量大的幹線道路的邊陲，再度揚長而去。

「如廁。」

龜子四下張望，咕噥了一句。

「我得如廁。」

這可不得不快一點了。我也噢喔喔地四下張望，想找看看有沒有咖啡店或超商之類的地方，但只看見應該要繞一大圈才能進去的大型量販店跟量販店的大型停車場，這附近好像沒有適合借廁所的地方。

「這方向吧……」

龜子一副熟門熟路似地兩手拿著行李就往前走，我也只好跟上去。

我心想要幫她拿行李才可以，這念頭一閃過腦中的瞬間，手忽然被一陣劇痛襲擊。我太大意了，只好又把手舉得老高。很不可思議又很可笑的是，我手舉高的方向居然就是龜子前進的方向。可能因為我跟在她後頭，很自然就形成了這樣的現象吧，但就我心情上來講，好像是我的「手」已經成為脫離我意志掌控的生命，跟龜子化為了一體。

走了大約十五分鐘左右，經過了一些超商之類的店鋪，但龜子連看也沒看一眼。乾冷無情的風搧過臉頰。

街區外邊的大馬路是單側雙線道的氣派大道，但一往裡頭，便是沒有進行過土地區域規劃的市街，但也不是太舊的老街區，馬路就在這樣介於兩者之間的住宅區裡彎彎曲曲往前延伸。錯落殘留在住宅區裡的農田顯得格外顯眼，我忽然看見一個廢棄物回收場之類的空地上，站著一隻孤伶伶的雄雉。不會吧？我心想，定眼一看，差點又跟丟了龜子，只好放棄確認那隻動物到底是不是雄雉，趕快往前追。思慮不周的土地開發，真不曉得給動植物帶來了多少災難，我心頭湧上感慨，但現在不是感嘆這個的時候，我趕緊加快腳步。

龜子又走出了市街，重新回到了四線道的地方。有加油站，也有書店，不管哪一間，只要衝進去，對方大概都會大大方方借我們廁所吧？但龜子卻又走過馬路，再度走進分叉出去的巷道上。她到底打算走去哪裡呀？我從沒看過有人這麼挑廁所的。一想到接下來的旅程，不禁心頭黯淡，感覺前途堪慮。

「應該就是這裡吧——」

龜子忽然停在一家從大馬路進入巷道後馬上就會看到的咖啡店前。我一看招牌，寫著「糙葉樹」。管他什麼店都好，我只想趕快進去歇口氣。

「進去吧——」

我喘得上氣不接下氣這麼說的時候，龜子的手早已放在門上了。

煤油暖爐燃燒時的氣味令人莫名眷戀。

溫暖的店內，Aladdin型煤油暖爐上擺著的茶壺中飄出了水蒸氣，給店內帶來了適切濕度。沒有其他客人。從一進門的那一秒起，我的身體忽然不痛了，好像在開玩笑一樣。我提心吊膽地把手放了下來，真的不痛耶。半信半疑。

櫃檯後一位看來大約三十多歲的女性臉上露出了以服務業來說有點太生疏又帶著困惑的表情，對我們招呼「歡迎光臨」。這種地點，大概平時上門來的都是一些常客吧。

「我借一下洗手間。」

龜子毫不猶豫地這麼一說，就把行李交給我。櫃檯後的女士好像被她的氣勢震住了，從櫃檯後面走出來，邊說「洗手間在後邊」邊帶著她過去。我則在櫃檯前的四人座位上坐下，長長吁了口氣。

那位女士又從後頭回來，拿了個小盤子，把擺在上頭的水杯跟擦手巾放在我們桌上。這時我才忽然意識到她該不會是「有喜」了吧？因為跟她的臉部或身體其他部位相比，肚子明顯膨脹。可惜我對這一類事情不太會判斷，而且這也不關我的事。那位女士像變魔術一樣拿出了菜單遞給我。我點點頭。

「我們是第一次來莖路市，剛搭飛機過來的，本來應該要去車站……」

嘴巴裡頭忽然講出了這些資訊，讓我忍不住在心底咂舌。我這不是明擺著我們就是要來借廁所嗎？可是這位女士沒有不悅的表情，只是一臉不解地問：

「這樣啊……可是……？」

她是想問我們怎麼會來到這個離機場巴士路線有點距離的地方吧？這問我，我也不曉得該怎麼回，畢竟我也想知道。她似乎沒打算再多追問：

「你們本來打算去哪裡呢？」

噢，對了，這種事問當地人搞不好可以得到最適當的交通資訊，於是我鼓起勇氣報出了地名——

「椿宿。」

「咦──！」

她臉上露出非常驚訝的神情。

「椿宿？可是……那裡什麼都沒有喔。」

就算什麼都沒有，我們也得去。正打算這麼回答的時候，後頭傳來啪嗒一聲關門聲，只見龜子慢步踱了回來。

「噯──」

她輕輕跟店主點點頭，從她面前穿過，在我對面座位上坐了下來。

「要不要乾脆在這吃午餐呢？」

也對，我點點頭。

「那我要一份咖哩飯跟咖啡，咖啡麻煩請餐後上。」

我沒看菜單是因為從這家店的外觀跟店內擺設來看，這應該是會提供簡餐而不是只賣咖啡或紅茶的店。既然有賣簡餐，就應該有咖哩飯吧，我這麼推論。「呃──」那位女士正要開口時，已經詳細看過了菜單的龜子先說話了。

「沒有咖哩飯耶。」

「咦？」

「我們沒賣咖哩飯。」

女士輕聲說。

「不過有綜合三明治之類的。」

又這麼補了一句。

「好，那我要綜合三明治。」

「麻煩請給我豬排三明治跟蘋果派，還有綜合果汁。」

我忍不住睜大了眼睛盯著她看，哇——這個人很會吃嘛。龜子臉上表情淡定。女士把我們的要求寫在點菜單上。

「請稍等。」

便回去櫃檯後方。

「噯——對了，」

她忽然又想起什麼似地，從冰箱旁露出臉來。

「我們也是從椿宿來的，所以我剛才有點訝異。」

「原來如此。」

我簡單跟龜子說了一下我們剛才的對話。

「噢——」

龜子深深點點頭。

「所以我才會說那裡什麼都沒有。但剛想了一下，那邊也不是觀光區，如果你們有什麼認識的人住在那裡，我剛那樣講就太失禮了，現在才忽然想到。」

「其實也不是什麼認識的人，而是我家族好像本來就是那裡出身。」

好像——連我自己也覺得這個說法好奇怪，但就我那時候的距離感來講，是那樣子的感覺。

「所以你們有親戚在那邊嗎？」

「沒有，大家都已經不在了。」

說完後，連我自己也不知為什麼湧起一股強烈的落寞。

「所以這次要回去掃墓嗎？」

「唔，是啊。」

我壓抑住心中的落寞這麼回答她，就在我們兩人講話時，龜子一個人眼睛骨碌碌地東張西望，她那態度已經近乎失禮了，我問她：

「妳在看什麼嗎？」

龜子於是停下來，忽然對著吧台後頭出聲問道：

「太太，請問您貴姓大名哪？」

又不知道人家結婚了沒，只是因為對方看起來不像年輕小姐，就這樣稱呼人家「太太」，這個龜子明明自己也是女的，怎麼會稱呼別人的時候這麼沒神經呢？我真懷疑她的教養程度，但龜子當時就是因為有自信才會那麼喊吧，我後來才曉得。

「我姓鮫島。」

咦，這姓氏好像在哪裡聽過？我當下一愣，再加上又提到了椿宿這地名，該不會……。

「我姓佐田，跟鮫島宙幸彥先生是遠房親戚……」

我脫口而出，沒多想，而鮫島太太則是名副其實地傻在當地。

「所以你是房東先生……」

「咦？果然……」

「請等一下，我去叫我婆婆出來。」

鮫島太太放下做到一半的綜合三明治，跑到後頭去，我跟龜子則互相對望，我想也沒想地喊：

「怎麼會有這種事——！」

聽起來像在哀號。
「這該不會也是那個稻荷神講的吧？」
呵呵呵，龜子發出令人不舒服的輕笑，好像在說那怎麼可能。
「我哥哥之前就從海子那裡聽說過宙幸彥的事，所以昨天我請他幫我打電話去查號台問問，看有沒有一個住在莖路市的鮫島宙幸彥的電話號碼，亂槍打鳥嘛，而且莖路市剛好是縣政府所在地。結果還真的有呢，說還登記了一家咖啡店的店名，要不要一併告訴您呢？就這樣講呀講，最後連地址都問出來了。我來之前就已經先確認過地圖，但下了巴士後的這一段路全憑直覺。所以硬要講的話，搞不好真的是稻荷神在我們背後推了一把噢。」
居然打去查號台？
我認識的人裡沒有人會把自己的電話登錄在查號台的，萬一碰到了什麼麻煩事不就很倒楣嗎？真沒想到他們只用了這麼簡單原始的方法，就查到了宙幸彥的資料。
「居然做到這一步……」
「去程萬事包在我身上，龜子會竭盡所能帶你抵達。」
龜子的表情很認真，雖然她只不過是問了查號台而已。
罷了，但是她為什麼沒有告訴我？我們兩人在機場碰頭後多的是時間講話呀。我如果事先知道她的動機，被她那樣莫名其妙拉著跑的時候就不會覺得慌張了。

「我想您至少可以事前跟我透露個一兩句。」

我這態度算是已經強烈抗議了，畢竟我本來就不是個好鬥之人。

「這種事還是自己一個人知道就好，做起來才會順利。」

龜子一點也不心虛地回了這麼一句毫無邏輯的話，卻很有說服力。這時候，鮫島太太跟一位高齡的婦人從後頭過來了。

「這是我婆婆。」

一位清瘦小個子的好像一根小樹枝的老婦人。

「你們好，我是鮫島宙彥的媽媽，鮫島龍子。」

她口齒清晰報出了自己的名字。

「您好，初次見面，我是佐田山彥。這位是……」

「我叫假縫龜子，這一次剛好有緣陪佐田先生一起回去掃墓。」

龜子講出似乎是事先就想好的說詞。

「這樣啊，你們從那麼遠的地方來一趟。妳跟人家介紹過了嗎？」

龍子夫人催促著鮫島太太。

「我是宙彥的太太，我叫做泰子。」

泰子連忙低頭致意。

「跟你們租了那麼久的房子，卻一次也沒去打過招呼。哎啊，你們坐嘛、坐嘛。」

在龍子夫人勸坐下，我從龜子對面的座位移到她旁邊的位子，龍子夫人則坐在我原來的位子上，泰子太太繼續回去吧台後面忙。

應該問點什麼才好呢？我對這出乎意料的發展感到混亂，心想一定要問非問不可的問題才行，一邊這樣告誡自己，一邊開口：

「請問這附近有出租棉被的店嗎？」

話剛出口，已經在心底痛罵自己，這是我該問的第一個問題嗎？這種事有問沒問不是都一樣？不，當然不是都一樣，到底還是要問的，只是不用現在問也可以，不用問她們兩個也可以。我該問的，應該是只有她們兩個才能夠回答的問題，但我的提問早已被她們兩個聽見。

「出租……棉被……的店……？」

龍子夫人望向吧台後的泰子太太，泰子太太搖搖頭。

「不好意思，我們不知道耶。不過如果你們需要棉被，可以先拿我們家的去用。」

我還沒來得及答話，龜子早已搶先一步。

「太好了，真是謝謝妳的好意。妳一定會覺得這問題很奇怪吧？其實我夢裡出現了一位稻荷神，說如果我們今天晚上要在那個屋子過夜，最好還是備妥棉被，所以山彥先生就一直掛念著這件事。」

龍子聽見龜子這麼說有點奇怪反應。

「稻荷神？」

「是呀，是一位很謙卑的稻荷神。請問那裡有供奉稻荷神嗎？」

哎呀，原來是要這麼布局啊？我憋著一口氣等著聽龍子夫人怎麼講，龍子夫人一臉詫異。

「妳怎麼會知道？」

我身上都起了雞皮疙瘩。到目前為止，我一直沒怎麼相信這個龜子講的話，不，也不是，應該算是半信半疑，就是當成「假設可以相信」的前提在聽。但這次這情況的機率應該很低吧？不過也不見得不是偶然，或許真的有人在家裡供奉稻荷神。世上萬事都不好太早斷定。

龍子沒等我們回話，繼續說了下去。

「我們家一直很敬奉那位稻荷神，我母親就是在那房子裡出生的，祖父聽說以前還會每早到那稻荷神的前面合掌膜拜。我是我母親有點年紀之後才生的孩子，所以從沒見過我祖父。戰爭時我年紀還小，但很清楚記得藪彥堂舅一家人回來那屋子避難。藪彥堂舅跟我母親是堂兄妹

——我祖父是你曾祖父的弟弟——所以我媽也常帶我去那屋子玩。藪彥堂舅對那稻荷神也很崇敬，後來我們跟你們租了那屋子後，自然也跟著敬奉那稻荷神。人久了都會有感情嘛，這次原本也想把祂帶著一起搬家，但稻荷神畢竟是土地的神明，我們也不敢隨便亂動……。對了，稻荷神怎麼說呢？」

「說是都沒有人祭拜祂，很寂寞，快要連祂自己都不曉得自己到底是什麼了。」

聽了龜子這麼說，龍子眼眶泛出淚水，連在吧台後面的泰子都跟著啜泣了起來。

「我們應該要把祂帶來的……」

「不。」

龜子糾正她。

「妳考慮的沒錯，土地的神明有各自的地域，妳如果把祂帶來，也只不過是帶了個空殼，什麼好事都沒有。」

難道謙虛的稻荷神是女性的死穴嗎？我看這幾位女士全都對祂充滿同情，乾脆在旁邊又補了幾句。

「其實出現在她夢裡的不只是稻荷神，還有一個應該是我藪彥爺爺，甚至還有一個不曉得到底是什麼人的人，說我們要是要回老家就應該在老家過夜，於是稻荷神就擔心了，說不建議我們這麼做，但如果我們堅持的話，祂建議我們帶棉被過去，因為夜裡會冷，似乎是這樣。」啊——這時龍子夫人已經驚訝得說不出話來，我不曉得她到底相信了多少，不相信也不奇怪，正這麼想，泰子太太從吧台後面囁囁嚅嚅地開口——「呃……那個，假……」，她想確認龜子的姓氏。龜子不曉得是不是也很習慣人家光聽一遍記不起來，馬上回道——「假縫」。

泰子太太一副還好沒記錯的表情，問道：

「假縫女士，請問您是有那一方面能力的人嗎？」

龍子夫人這時也順著泰子的話頓了頓頭，看來她們遠比我所擔心的還更要「當真」。龜子毫不畏怯地回答：

「是啊。」

大大方方，堂堂正正。

關於龜子這一方面的「神通力」到底是如何被應用在假縫的治療上，海子昨晚已經對我滔滔不絕了一遍。「比方說，龜子對某個人說你上輩子其實是天上的神，只是因為看見以前自己在人世時幫助過自己的恩人子孫正在人間受苦，你於心不忍之下便投胎下凡幫助他們，於是被這麼講的人便覺得，啊，原來如此啊，原來我在這世上感到活著是如此痛苦都是因為我原本是天上的神，當然會沒辦法跟這麼下賤的人類處得來。對於自己的血親，原本會覺得這一家子怎麼這麼爛，但被這麼講了後便覺得，哎呀，反正我原本就是天上的神，是因為看不下去這家人遲遲無法頓悟，才起心動念來這人世幫助他們，所以他們原本就很爛，我當然會受折磨嘍。這樣想的話，既不會傷到自尊、也能接受現況……。我覺得這樣如果能讓當事人活得輕鬆一點，身體症狀也好一些就好了，龜子在這方面，搞不好是憑直覺在胡扯亂扯……。她一定知道什麼樣的故事，對於什麼樣的人最有『療效』。雖然不知道她是不是蓄意這麼做，但那對兄妹的那種堅定態度絕對是帶著使命感的，我反正是只要能把這身病痛給解決掉就好了，所以你聽龜子說我們家祖先怎麼樣怎麼樣的時候，拜託你就接受吧——。我當然知道你覺得這種事情很可笑，我知道，但拜託你這一次就信了吧。不對，是拜託你假裝相信好嗎？不，至少你不要吐槽她、扯她後腿或是妨礙她什麼的……。」

我很想說我什麼時候「吐槽」別人、「妨礙」別人、「扯別人後腿」了？但我忍了下來。她說得沒錯，我們兩人只是想從這一身病痛中得到解脫，只要能夠解脫，什麼都無所謂，用什麼手段都在所不辭。

所以我看著眼前情勢如此展開，心想保持中立、避免捲入便罷。這時候，龍子夫人靜靜地說：

「我們正在找有這種神通的人。」

她的聲音比先前低沉。

「一切都得從教育委員會開始說起。」

我完全不曉得這話題到底會往什麼方向發展，我想龜子大概也是。我們兩人只能茫然吃著泰子太太做的綜合三明治跟豬排三明治，默默聽下去。

龍子述懷

兩年前，有人打電話來說是縣政府教育委員會歷史調查部的人，說我們那屋子是縣內目前仍在居住的住宅裡最古老的，希望能讓他們調查云云。那屋子老是老，可是我們為了住得舒適也改裝過很多次，藪彥堂舅答應的。藪彥堂舅在戰爭那時候啊，是我心裡面的理想哥哥典型喔。他母親，也就是你曾祖母身體很不好，所以他們一家人很早就疏散來鄉下。藪彥堂舅的母親——千代堂舅公媽的娘家聽說也在附近，所以回來避難應該也會覺得心情比較踏實吧。你藪彥爺爺剛好那時候腳傷，沒去上學，你曾祖父可能覺得既然這樣，乾脆讓他們母子倆一起好好療養。藪彥堂舅覺得我的名字很有趣，說這裡住了龍子，這屋子肯定就是龍宮了。那時候他告訴了我好多有趣的事，我一直都記得。可能就是因為這樣吧，婚後還是想繼續住在那裡。

那時候，反正也沒什麼理由拒絕縣教育委員會的人，就說好啊，你們隨時都可以來，需要什麼資料，我都會幫你們準備好。於是又過了幾個星期，他們來了，拍了很多照片，到處拍。那時關於那屋子的過去，我就我所知道的都跟他們說了，他們也跟我說了藩史裡所記載的關於那屋子的史料。我想山彥你應該也知道……咦，你不知道嗎？啊，這樣啊……那……我就說我知道的好了，你也許不想聽……。

那屋子好像原本是一位藩國的國家老[9]的別宅。雖然是別宅，可是有一陣子好像幾乎都住在那裡，因為聽說當時的藩主喜歡那地方的風土氣候，常待在那裡，反而比較少回去本家藩城。不過後來藩主世代交替之後，新的藩主對於那裡沒特別喜好，於是國家老也不用再在那邊設置別宅，加上財政緊迫，就決定把那棟別宅讓給長年有交情的地主佐田家。可是還沒讓屋之前，那位國家老卻被捲入了藩主家的鬥爭裡，整個家族都被逼得在那屋子裡自盡。聽說有過這樣一段歷史。我大概知道這一件事，但一直以為那屋子後來有改建，因為不可能就那樣住人嘛，儘管是很久遠以前的事，也不可能繼續那樣住下去。但根據教育委員會的調查，那屋子居然從來都沒改建過，就是當初發生過那樁大事件的屋子。居然那麼講。而且就在那之後，我們家宙幸彥就開始怪怪的了。

他本來就是個喜歡鬧彆扭出走的孩子，小時候常常毫無由來就開始哭。但也許只是當媽的我不知道緣由，其實他本人碰上了什麼事吧。後來聽了教育委員會那樣說後，他就說，果然沒改建，我們搬家吧，最好離開這裡。

自從我結婚以後，跟你家的關係就疏遠了——其實在那之前，幾乎也很少連絡，畢竟是遠親，我跟堂舅的年歲又差了那麼多。後來成了房東跟房客的關係後，所有租賃上需要的事務連絡也都用書面解決。只是我忘了什麼時候，有一次有事一定要連絡，忘了是你們家那邊的法事或是我家這邊的喪事了，我就打了一次電話給藪彥堂舅。那時候堂舅就跟我說，他給他孫子取名為山幸彥，於是我就想起小時候他講給我聽的那些神話故事，心想啊，原來他還記得啊。當然我也沒直接問他就是了。我就想，等我自己兒子出生後，我就把他取名為宙幸彥。藪彥堂舅他比較喜歡那個陰險……啊，對不起，我不是說你，山幸彥在神話故事裡其實也是個英雄嘛，藪彥堂舅他比較站在山幸彥那邊，但我比較喜歡不起眼的宙幸彥，一直都幫他加油。

差不多就在我們宙彥讀國中那時候，家裡前面那條河旁有棵很大的糙葉樹被砍了，為了要把上游過來的河道截彎取直。那條河原先就常氾濫。可是宙彥很喜歡那棵大樹，所以那時候好像受到了很大打擊，但我們跟他說這都是為了治水，等治水工程做好後下游的人也會受惠，就這麼讓他死心。後來河道被掩埋了，河流被改道到離我們家有一段距離的地方。幾年前泰子嫁

9.「國家老」是藩國領主去江戶參勤交代時，留在藩國掌理政務的最高位階家臣。

了過來……。泰子很貼心，可能也覺得那屋子住起來不那麼舒適吧，但什麼怨言都沒有。

教育委員會來了以後，宙彥開始說要搬家。但搬家也不是一天兩頭就能決定的，也得找好下一個住處……。就在那時，忽然發生了……怎麼說，天地異變嗎？我們從來沒經驗過那麼大的豪雨，家裡附近全都泡在水裡了。對不起，這件事沒跟你連絡，因為我們也知道藪彥堂舅跟堂舅的兒子都過世了，這種事，實在不好意思拿去煩你們這些忙碌的下一代。

那條河以前也氾濫過，但都是在下游，從來沒有嚴重到連我們家附近都泡在水裡面。那次天災之後，宙彥閃電般就辭了工作，租下泰子娘家旁這棟剛好空出來的店面兼住家的咖啡店。

泰子學生時代原本就在咖啡店打過工，所以要開這家店時，她也不是很抗拒，應該說還很高興吧？可是問題是，宙彥現在人不曉得失蹤到哪裡去了？是呀，是這樣，你們嚇了一跳吧？不過他人平安無事，因為有時候會寄明信片來。我們搬來這裡之後，泰子馬上就懷了身孕，是在知道她懷孕之後才走的。說什麼要當爸爸了，不能再逃避，要面對自己，留了張字條就走了……。實在是太沒有責任感了……是啊，一定是因為泰子的娘家很可靠，我人也在泰子身邊，他才這麼任性妄為。那麼大一個人了，真是太丟臉了……。

往椿宿之路——其二

藩國的國家老一族曾在自己老家自盡的這件事，實在未免太過震撼了，就算不是直系祖先，但這起事件是真真確確曾經發生過的事，而且又發生在自己「家」，實在讓人一時之間難以接受。

「藪彥爺爺知道這件事嗎？」

「知道吧，雖然我也沒當面問過他。」

原來如此，難怪他不想提起那邊的事了。

只是為什麼會買下曾經發生過那麼陰慘事件的屋子呢？不，難道是已經買了後才發生？那麼，國家老一族的人為什麼會在已經決定要交給別人的屋子裡做出那種事呢？何況如果無論如何都要搬進去的話，就像龍子夫人所說，應該會拆掉重蓋吧，以平常人的想法來說。

真謎。

我俯首沉思之際，從剛剛就一語不發的龜子忽然開口。

「山彥哪——」

她閉著眼睛輕聲喊我，把我嚇得魂都快飛了，因為那聲音聽起來就像我外婆早百合。

「山彥哪——」

「外婆……？」

該不會是外婆發生了什麼事吧？難道外婆的魂魄來跟我告別了？這麼一懷疑，全身都起了雞皮疙瘩。

「你去了莖路啊？」

「是啊……」

外婆是不是有什麼事想告訴我，所以拚命來到這兒？比方說，叫我千萬不要進去那屋子，或是如果要去，要記得帶什麼除魔斬妖的寶物？我繃緊了神經，等著龜子說下去。

「那個啊，你回來的時候幫我買牛奶冰好嗎？」

我一瞬間整個人都傻了，但下一秒鐘背脊一涼，那完完全全就是我外婆沒錯，可不是龜子隨隨便便就臆測模仿得來的。溫柔、寬厚可是又自我中心的外婆。我母親野百合只遺傳到她

「自我中心」的部分，完全沒有任何洗鍊的文化成分在，真是對誰來講都是大不幸。

龜子睜開眼睛。

「剛才那是你外婆吧？」

「是啊，難道外婆她……」

我已經做好了覺悟。

「還沒，那是生靈，你外婆還在。不過，魂魄已經相當程度能夠自由來去了。」

吁——，我嘆了一口氣。

「是啊，他們說她已經來日無多。所以我也想儘快把事情辦好，趕緊回去她身邊。」

那麼我們快點動身吧？女士們開始動了起來。我們決定開龍子的車去椿宿，但讓泰子留在家中。畢竟她懷有身孕，要是在沒什麼暖氣設備的屋子裡著涼了就不好，女人家們這麼說。我們把棉被、食材，還有怕瓦斯不能用而準備的卡式瓦斯爐跟鍋子放進車裡就迅速出發。還好不久前仍住在椿宿的龍子也跟我們一起去，令人很安心。

「其實應該由我開車的，但我這三十肩……」

「沒關係、沒關係，畢竟我住過那種沒車就等於沒腳，買個東西也很不方便的鄉下地方，開車對我來講就像在喝開水一樣。」

喝開水一樣——不知道有幾十年沒聽過這種說法了，真有趣。但龍子夫人無疑年歲已大，不應該勉強她的，但我又想，就這麼一回吧。

「現在的地址改成了投網市美杉原四—三，但以前的村名是叫做椿宿沒錯吧？」

「是啊，我其實比較喜歡舊地名。那些公務人員的想法真讓人想不透。」

說來日本的都市郊外，怎麼會到處都是一樣的面貌呢？量販店、連鎖餐廳、購物中心……，一看就是新造地，平坦開闊的一大片隨隨便便的土地上一間又一間隨隨便便的店鋪。

「都快讓人不知道自己到底在哪裡了，到處都是見慣了的一樣的風景。」

龜子聽我這樣感嘆。

「這樣不是很好嗎？不會覺得寂寞。到處都是見慣了的風景的話，去到哪裡不都覺得像在自己家鄉嗎？」

聽不出來她是在安慰還是在諷刺。

「對了，假縫先生的診療所那一帶倒是還保有往昔海邊小鎮的風情呢。」

「會嗎？但我們那兒也有人說，我們沒趕上開發的浪潮喔。」

「山彥，這是你出生以後第一次去椿宿吧？」

龍子夫人感慨萬千地說。

「是啊，大概因為跟鮫島家是關係很遠的親戚，大家都不太好意思去叨擾。」

「怎麼會……」

說到這，她沒有再繼續說什麼大家都是親戚，以後請別見外等等的社交詞令。感覺該怎麼說呢，包括我們兩家之前的疏遠程度，好像她跟藪彥爺爺之間有過什麼約定一樣，那種保持距離的方式令人那樣感覺。

「啊——！」

我不假思索大喊。

「天哪，我居然忘了！」

「你忘了什麼？」

「炸豆皮！」

「噢，炸豆皮——」

龜子深深點了一個頭，她那樣子好奇怪，但也很有她個人風格就是了。總之，我試著跟她們兩位解釋了一下。

「我爺爺叫我千萬要記得帶炸豆皮去。」

「是啊，他老人家這麼說過喔。」

嗯——？我望了龜子一眼，這才想起對了！爺爺也跟外婆一樣，是藉著她的嘴巴交代我的，我當時還心想天哪，到底一樣的事情要交代幾遍，沒想到我居然忘得一乾二淨。

「別擔心。」

龜子把手伸進了信玄袋[10]掏來掏去，從裡頭掏出了一個塑膠袋。

「君且莫擔憂，老身早已料到了這狀況。」

講話好像古代人嘆。她給我們看的那信玄袋裡的東西，居然就是炸豆皮。

「噢——！」

我這下子，看來是落入不得不信任她的窘境中了。

10. 一種有束口繩的平底手提小布包。

宙幸彥的故事

到底什麼時候才會到椿宿？不曉得這段車程要多久？我忽然意識到自己粗心大意地忘了問這件事。

「請問從這裡過去大概要多久？」

「到椿宿嗎？」

「是啊。」

「順利的話，大概兩個小時吧……，但要是塞車就不曉得了。」

「這樣啊……」

我坐在副駕駛座。前面擋風玻璃望出去全是掛著當地車牌的車輛（想想也理所當然），蜿蜒排成了車龍。

「不曉得宙彥變成那樣，是不是也是因為那件國家老的關係……」

龍子夫人忽然毫無由來咕噥了一句，也不是同我說，也不是向龜子說。

「不是的。」

坐在後車座的龜子照舊以一副充滿自信的口吻回應。

「那是一百五十年前左右的事而已，在更久之前，那塊土地就已經有一些問題了。」

「土地有……一些問題？」

「是啊，有一些很深的創傷。」

連龍子都聽得一頭霧水，閉口沒有回應。我問：

「這也是那位謙虛的稻荷神告訴妳的嗎？」

「呃……」

龜子難得語塞。

「這有點難回答。要是簡單的事，我馬上就能說，但這該怎麼說呢，有一些像這樣的影像慢慢慢慢地浮上來。出現這種情況的時候，通常都是有一些年代非常久遠的舊創。」

她這種一反常態，有點困窘又硬要擠出一點什麼的態度，反而給我一種能夠信任的「印象」。

「所以不是像之前出現的那些稻荷神啦、我爺爺啦或者我外婆的生靈那樣的存在告訴妳的嗎？」

「要是這樣就簡單多了。嗯，也不能這麼說，或許也不會很簡單。唔……」

接著她就沒說話了。靜默了一陣子後，不曉得是覺得無聊還是耐不住這種沉默氣氛，龍子夫人問：

「對了，那邊的稻荷神是從什麼時候迎回來的呢？」

「噢這個啊——」

龜子忽然又恢復了輕快語調。

「那個好像原本是佐田家養的一隻林藪幽狐[11]。」

「林藪幽狐？」

話題怎麼又變得這麼奇怪？

「說是佐田家原本是狐巫家系，不過跟那些用妖狐行使巫術的傢伙完全不同路……告訴我的那位大德很強調『不同』這兩個字。他們只有碰到有人帶著正當目的來求助時才會支使狐狸，

11. 住在林藪的野狐狸，民間傳說中常出現的妖物，而傳說狐狸正是稻荷神的使者。

但這種家庭總是被一般人畏懼而敬而遠之，因此婚事時常不順。到了某一代，有一個人就宣布從此之後將不再借助稻荷神的神力，並把所有養的狐狸都放了。可是這當中就有這麼一隻小狐狸，沒處去又跑了回來。這隻小狐狸也沒什麼妖力，性格又很善良，他們想只留這麼一隻在身邊應該沒關係吧，於是就這麼留了下來。這隻狐狸也很感恩圖報，竭力保佑家人平安，所以他們要搬去那間發生過國家老自盡慘案的屋子時，也順便把狐狸帶了去——說是因為距離很近，沒什麼困難，之後就一直到了現在。」

我感覺不太舒服。有誰聽見自己家是支使妖狐的家系後還會感到開心的嗎？要是胡扯亂扯，她也未免扯得太順太流利了吧？龍子的姓氏雖然跟我們不一樣，但她看來也有點心情複雜，懨懨回了一句：

「哦，有這種事啊——？」

不曉得海子聽了會有什麼反應。

不過像龜子這種行業的人，跟別人說「你前世是什麼什麼」的時候，不是通常都會提出一些身分高貴的人或者英雄人物之類的？聽的人自己本身也那麼期待，所以聽到那樣的答案後心情也舒爽，接受度也高。我再說一次，有人聽到自己家是支使妖狐的家系後會感到開心嗎？

所以龜子剛講那些話並不是企圖討我們開心，畢竟那些事情講了對她自己也沒什麼好處。

不過，還有一種可能性，她在挑釁。但這可能性目前先保留不管。

我覺得龜子這話題恐怕還要花點時間才能夠消化，想趁現在探聽一下自己這幾個人被取了怪名字的原因，於是我瞥了一眼正在開車的龍子夫人。

「龍子夫人，您跟我爺爺以前聊過些什麼關於海幸彥、山幸彥的故事啊？」

剛才她在咖啡店裡說她聽見藪彥爺爺把自己孫子取名為山幸彥之後，就決定要是生了兒子，就要把自己的兒子取名為海幸彥。她說她心想「啊，原來他記得啊」。我這麼一問，龍子夫人「哦——」地愣了半晌。

「我那時候還小，藪彥堂舅跟我玩時會創作一些神話故事給我聽，從山幸彥跟海幸彥的故事中發展出來的……」

「創作？所以他說的不是原本的神話故事嗎？」

「不是。在《古事記》裡，海幸彥跟山幸彥分別被稱為火照命（ほでりのみこと／Hoderi-no-mikoto）跟火遠理命（ほおりのみこと／Hoori-no-mikoto），兩人之間還有另外一個叫做火須勢理命（ほすせりのみこと／Hosuseri-no-mikoto）。」

「咦？中間的不是叫做宙幸彥嗎？」

「咦？」

龍子一臉詫異地從駕駛座轉頭瞥了我一眼，但馬上轉回視線。

「堂舅該不會也跟你說了一樣的故事吧？」

不是，我不是從爺爺那裡聽來的，我心想，又問：

「意思是……」

「因為宙幸彥是他掰出來的名字呀，原本應該叫做虛空津彥（そらつひこ／Soratsu-hiko），是山幸彥的別名。」

「什麼？別名？」

「是啊，那名字出現在《古事記》裡時，是鹽椎神跟海神這樣子稱呼山幸彥。虛空津彥的字義好像是日嗣之御子（ひつぎのみこ），也就是皇太子的意思，所以祂們兩位神是把山幸彥看成將來要繼承天神大統的神。可是山幸彥上面還有兩個哥哥啊，這不是很奇怪嗎？」

「唔——」

我心想，難道從天神時期就流行讓長子享有繼承權了嗎？但我不敢多質疑（畢竟想起了海子的交代），於是沒有多說。

「所以爺爺是把虛空津彥設定成是山幸彥的另一個人格，而這人格做為獨立存在的另一個角色就是宙幸彥，是這樣嗎？」

「太複雜的部分我也不清楚，不過不管在《古事記》或《日本書紀》中，山幸彥都對祂上頭的兩個哥哥毫不敬重。海幸彥就是被設定成了一個就算被欺侮也沒什麼奇怪的角色，整個故事發展得讓人覺得好像只有兩個兄弟一樣，所以藪彥堂舅就講，應該要讓中間那個更活躍一點才對。」

「您還那麼小，他對妳講這種事啊？」

「是啊，很有趣唷，雖然我可能聽得一知半解。不過陌生的鄉居生活可能讓他覺得很無聊吧，所以他只是想說一些他覺得有意思的事情給我聽，不管我聽得懂不懂。」

「可是既然這樣，為什麼那個火須……」

「火須勢理命嗎？」

「對，那個火須勢理命。為什麼不要一開始就講這個神，還要另外再創作一個叫做宙幸彥的呢？」

「這我也不清楚，該不會是因為宙幸彥這名字聽起來很有趣吧？而且海幸、宙幸、山幸，剛好湊成了一套？」

接著龍子夫人開始講起藪彥爺爺所創作的海幸山幸的故事。

宙幸彥是介於海幸彥跟山幸彥之間的第二個皇子。跟他活躍的兩個兄弟比起來，宙幸彥總是待在同樣的地方，也不曉得他到底在還是不在，是這樣的一位皇子。三兄弟一懂事之後，海幸彥就去海裡，成為了漁師，捕魚餵飽自己。山幸去了山裡，成為獵人，捕獲獵物。兩兄弟從山裡海裡抓回來的食物，讓家人不愁溫飽。

有一次，宙幸彥開始懷疑山幸彥跟海幸彥會不會其實看不見自己？他雖然從以前就覺得自己跟兩個兄弟好像完全不一樣，但從沒想過這個可能性，可是萬一他們其實看不見自己，一切就說得通了。因為這兩個兄弟從來都沒有跟他說過話，這也是他長年以來心中的痛。他一直懷疑又煩惱自己會不會是個沒用又令人討厭的存在，可是要是他們其實根本就看不見他，那樣的態度也就很理所當然了。

他們看不見我。

這個假設拯救了宙幸彥，但又令他覺得很不安。

他徬徨地走出茅草屋，在海邊徘徊，一邊徘徊，一邊忍不住掉出了淚水。而淚水一流出來，聲音也就跟著出來了，鼻涕也出來了。他就這樣一直嗚嗚咽咽地走啊走著，看見對面走來了一位白髮白鬍鬚的老翁。

「哎呀哎呀，這不是虛空津彥閣下嗎？」

這樣稱呼宙幸彥。宙幸彥從來不知道原來有人知道自己的存在，是這麼令人寬慰的一件事。

「您看得見我。請問您是何方大德？」

他停止啜泣問道。

「我是鹽椎神，負責掌管海上之路。」

所謂的海上之路，就是潮流。

「為什麼您看得見我？我不是看不見的存在嗎？」

「怎麼會看不見呢，您哭得那麼大聲、那麼可憐，我怎麼樣也要趕快趕來呀。」

接著又緩緩說道：

「我從您出世之後就曉得您的存在。至今為止，您那兩位哥哥之所以能那麼順利，都是因為有您在他們身邊。您在他們兩個中間緩解了他們的痛苦與傷悲呀。」

「但是他們好像看不見我。」

「他們看得見您，也知道您就在那裡，只是因為您的存在太理所當然了，他們就覺得沒必要特別跟您講話了。」

「但我已經離開了他們，我現在到底應該到哪裡去才好呢？」

「您就去綿津見宮吧。」

鹽椎神指著一艘竹編的小船說道。

「您搭著這個，隨著海波大潮而去吧，潮水會把您帶往綿津見的宮殿。」

宙幸彥於是就這麼在海上隨波逐搖，想著別離的兩位兄弟，不知他們是否已經發現自己失蹤了。

當天海幸彥跟山幸彥各自從海裡山裡回來後，發現家裡非常冷，可是兩人什麼都沒說。晚上分享著各自捕獲的漁獲獸肉時，心想，對了，母親以前交代過吃飯時一定要留一份給宙幸彥，但已經很久沒有這麼做了。反正，他要吃的話自己會拿吧，那個完全不曉得他到底在不在的兄弟。

「宙幸彥那傢伙真的走了嗎？」

「什麼？你說祭品嗎？」

山幸彥已經連自己二哥的名字都不太記得。比起那個，他心裡頭正在嘀咕大哥今天抓回來的漁獲怎麼這麼少，要是自己去抓的話，肯定可以抓得比他多吧。至今以來，他一直顧慮大海是大哥的地盤，從來沒去過，但要是自己想的話，這山裡海裡不都可以成為自己的天下嗎？搞不好應該趁現在跟大哥把話講清楚。

「哥，我們來交換一下地盤吧。」
「交換地盤？」
「是啊。」
「不要。」
海幸彥很怕這個充滿野心的弟弟。
「你想幹什麼？」
「沒什麼呀，你怎麼這麼愛懷疑？我只是覺得每天都在一樣的地方，看的景象都一樣，都膩了。偶爾也想要換個心情，去新天地磨練一下嘛。」
海幸彥拒絕了三次後，第四次終於被說服了，兩人說好只交換那麼一天，便交換了道具跟地盤。

「呃……對不起。」
停紅燈時，龍子夫人很不好意思地說。
「接下來我怎麼都想不起來了，前一陣子明明還記得的。真是的，真的會發生這種現象呢……」

說著有點難過似地搖搖頭。我心想應該要說點什麼給她打氣。

「海幸山幸交換了道具後，兩個人都敗興而歸，於是又把道具交換了回來。這時候，發現山幸弄丟了海幸的魚鉤，海幸很憤怒，無論如何都要山幸把他的魚鉤還給他，結果山幸一籌莫展之下也發生了跟剛剛海幸彥一模一樣的經歷，也去了綿津見宮……通常故事會這樣發展。」

「對對對，不過這裡有點不太一樣。宙幸彥到了綿津見宮之後被奉為上賓，但山幸彥到了綿津見宮之後卻沒人理他。」

燈誌轉為紅燈，車子再度往前。

竹編的小船乘著潮水，把宙幸彥帶到了外觀覆滿了虹彩魚鱗、華美無比的綿津見宮。宙幸彥不曉得該從哪裡進去，於是就到處晃啊晃，忽然間，發現有人朝著他的方向過來了，他趕緊躲到附近樹上，結果來了一位從沒見過的美女。宙幸彥爬上去的那棵樹底下有片泉水，美女就是去那兒汲水。宙幸彥看她看得目不轉睛，一不留神，身上配戴的勾玉掉進了美女抱在手上的一只甕中。美女聽見聲音，對著甕中探頭探腦，看見終於靜止下來的水面上有個男的一直往這邊瞧，於是她不動聲色，抱著掉落了勾玉的甕回去宮中，稟告了豐玉姬這件事。豐玉姬是海神的女兒，那美女則是豐玉姬的婢女。豐玉姬於是緊緊握著那把勾玉，跑去泉水處猛盯著樹上看。

宙幸彥在那之前，從沒有跟任何人四目交接過，大家都把他當成好像「不存在」的存在，因此他看著別人時，已經習慣毫不客氣地瞅著對方猛看，因為反正沒有人會意識到他嘛，根本也不會失禮。所以這時候他也沒想到居然有人能夠看見自己，依然一直骨溜溜睜大眼睛想看清楚來的到底是什麼樣的人。

時間彷彿靜止了下來。

宙幸彥從沒見過這麼美麗的女人，豐玉姬也從來不曾見過如此氣宇非凡的年輕男子。兩人就好像磁鐵相吸一樣地沒有辦法把眼睛從對方身上移開，不只如此，對宙幸彥來說，那是他有生以來第一次體驗到有人筆直看著自己的感覺。但總不能讓這兩位一直這樣看下去吧，婢女趕緊把這兩個像被施了魔法一樣動也不動的傢伙扔下，跑回了宮中跟海神稟報了這件事。海神聽了後也趕緊趕來，一見到宙幸彥就喊：

「虛空津彥閣下！」

那聲音終於喚醒了兩人，想當然耳兩情相悅，結果海神連續設了好幾晚款待宙幸彥的歡宴，到了半途直接改成了婚宴。

至於山幸彥，好不容易如願出海，非但沒有捕到魚，還弄丟了海幸彥借給他的寶貝魚鉤。不過其實這一切都是山幸彥的預謀，目的是要奪走海幸彥在大海中的實力。

「呃不好意思，我插個嘴。」

我這時不得不提出質疑了。

「這是我爺爺編出來的神話吧？不對，應該說他以神話為基礎創作出來的故事，可是在這個故事裡，豈不是把山幸彥的性格描寫得比原來神話中的還要爛嗎？」

「是啊……」

龍子夫人直白得超乎我想像。

「該不會時間過了太久，被我篡改了吧？不然給長孫取的名字，應該不會故意取個那麼惡劣的神的名字啊？」

說完偏著頭問我：

「對了，山彥，剛你不是知道宙幸彥是那三兄弟之中的一個嗎？你一定也是聽你藪彥爺爺講的吧？」

「等等，我想一下喔。」

我到底是從誰那兒聽到宙幸彥的故事？記得是跟海子在一起的時候，對了——

「我是從爺爺的次男，也就是我堂妹海子的父親、我叔叔那兒聽來的。記得那時候聽到的比較像是宙幸彥的冒險故事之類，沒有特別提及海幸彥跟山幸彥這兩兄弟有名的兄弟之爭，不過就是說宙幸彥是介於海幸彥跟山幸彥之間的皇子。而且講的內容雖然跟《古書記》，還有《日本書紀》有異，但我以為是混雜了浦島太郎傳說那一類民間故事吧，沒想到居然是爺爺自己編的。」

「當時講了些什麼呢？」

雖然她的故事還沒講完，我也開始回憶起自己當時聽到的版本，跟她們講起宙幸彥在故事中的段落。雖然已經印象很模糊了，但我儘量不要「篡改」。

離開兄弟三人的家，去海神之處生活的宙幸彥，有一天忽然驚覺不曉得從哪兒傳來了啜泣聲。那裡是在海底，於是他便去問了身體彎彎的蝦子跟軟溜軟溜的章魚，可惜蝦子或章魚都不曉得啜泣聲到底是從哪裡傳來的，兩個都說沒聽見。其實這也很正常，因為蝦子只知道蝦子的事，章魚也只知道關於章魚的事。

但宙幸彥是確確實實聽到了，他聽得很難過、很不放心。而且一直聽見那哭聲，感覺心情低落到了谷底，他便決定自己出去找找。他閉上眼睛以免受到干擾，一路往聲音傳來的方向一直走、一直走，「就是這裡！」終於找到了。他睜開眼睛時發現自己正在一個洞窟的洞口，於是他提心吊膽地走進去，發現後頭有隻鯛魚正在啜泣。那隻鯛魚已經瘦得不成鯛魚樣，看起來都像是比目魚了，不過那開闊的額頭還是證明了牠是隻鯛魚沒錯。

「你為什麼哭呢？」

「你聽得見我的聲音嗎？」

鯛魚用氣若游絲，但還是聽得出驚喜的細弱聲音這麼說。

「我以為誰都聽不見我的聲音。」

說起來，的確除了自己以外，大家都沒聽見鯛魚的哭泣。宙幸彥想了起來。

「我喉嚨深處卡了一個不知道是什麼小骨刺一樣的東西，害我很痛苦，什麼都吃不下。」

「我來幫你拿掉吧。」

「可以嗎？拜託了。」

宙幸彥請鯛魚張大嘴巴（可惜不太成功），花了很多時間才終於把那個「卡在裡頭的東西」拿出來，那正是他哥哥海幸彥的魚鉤。他很清楚哥哥有多麼珍惜這個魚鉤。一想到不見了這個魚鉤，他哥哥不曉得現在有多難過，宙幸彥就想趕緊把這送回去。

他得到了海神許可，帶著那尾鯛魚回去陸地上的世界。鯛魚上陸以後化身成為一名容貌清麗的女子，宙幸彥於是娶了女子，回到了兄弟家。可是多年未歸，兄弟早已都不在人世了。

之後宙幸彥便拿著哥哥遺下的魚鉤捕魚為生，與妻子幸福快樂地度過下半輩子。

講完後，我才覺得這故事比較像是羅曼史，而不像冒險故事，但小時候壓根沒有想到這點。

接著我又想到，好像有個知名學者說過什麼存在於神話之中的中空結構之類的事情。

也就是在三名主要神祇之中，中間那一位的存在被掏空了。讓人不曉得祂到底在或不在。譬如天照大神、月讀尊、素戔嗚尊這三位姊弟之中的月讀尊。不曉得爺爺知不知道這理論，假設他知道，他又是怎麼想的呢？我尋思。這時候龍子夫人開口：

「可是這……跟我聽到的差很多耶。」

於是她又重新講起方才講到一半的故事。

山幸彥告訴海幸彥魚鉤被弄丟了的事情後，海幸彥當然受到很大打擊，他躲進洞窟裡怎麼樣都不出來。與其說是氣憤，不如說是被這消息嚇得完全都不知道該怎麼辦。那可是他寶貝得要命的魚鉤呀！

山幸彥見了這樣的反應後，更加確認了魚鉤的重要性，他決定要去把那魚鉤找回來據為己有，以便今後統治大海。

他去找了掌管海路的鹽椎神，告訴祂，想去海底的綿津見國找魚鉤，而且也沒忘了要加上這麼一句，「為了還給我哥哥」，但是鹽椎神沒有理他。無可奈何之下，山幸彥只好跟附近一隻海龜講了這件事，拜託海龜帶他去綿津見國。山幸彥是這麼告訴海龜的——「我弄丟了我哥的魚鉤，他很生氣，如果沒有找到我就不能回家了」。海龜很同情他，說既然這樣，我來幫你吧。便讓山幸彥坐在牠背上，進入大海，前往綿津見宮。

龍子說到這兒時停了一陣子沒說話，接著嘆口氣又一口氣講下去。

「那之後，我記得山幸彥的確就在綿津見宮裡，把過著幸福日子的宙幸彥送上了黃泉路，假扮成他——因為他們三兄弟長得很像——成為海神的繼承人，然後回到陸地上。這一次，他則迫害海幸彥，最後終於一統海陸，成為霸主。對不起，這邊海幸彥實在是太可憐了，我不太想講細節。」

「唔……難道藪彥爺爺是想講一個出人頭地的故事嗎……？」

我有氣沒力地這麼說，心底覺得很難受。我不太想覺得爺爺是在對「山幸彥」抱持這樣的想法之下，為我取了這名字。

「不過這個版本裡的山幸彥既有野心、有實踐力，更有開拓命運的勇氣，難道藪彥先生是把他自己缺乏的特質，寄望在了山幸彥身上嗎？」

龜子聲音前所未見地低沉，這麼說道。

的確，她說得沒錯，在這個版本裡的山幸彥雖然卑劣，卻也是充滿野心的一個人，這種特質無疑與生前備受學生及家人敬重、性格沉穩的藪彥爺爺背道而馳。若是他曾經有過什麼委屈抑鬱，那麼這種卑劣的特質，反而具有能一消心中不平的能量。也許他對於這種狂狷不畏的性格抱持了憧憬，才創造出了這樣的神話，並把自己的長孫取名為自己所創造出來的「英雄」，那麼這一切就說得通了。不過被取了這種名字的我本人，還是不大能接受。

車子沿著人居稀稀落落的山腰河旁往前行駛，在穿過了幾個隧道後，終於看見了「投網市」的招牌。椿宿已不遠了。

椿宿

車子駛入了投網市車站前的道路，到了這一帶總算熱鬧多了，也有商店街。只是熱鬧的就只有這一帶，馬上又進入了閒散的郊外，再度沿著河畔行駛。沒多久後轉進了一條蜿蜒的小路，最後終於在一戶只有門柱但沒有門的大宅前停下。

「到了喔。」

龍子再度踩下油門，把車子開進去，同時沉沉吁了一口大氣。大概是開了那麼久的車，累了。

這戶「大宅」是單層樓的房子，確實比一般民宅大，我不太曉得該怎麼形容這類老屋，不過到處都有外挑設計，確實是幢精心建造的大宅。不過老歸老，也不會讓人覺得裡頭好像很有點故事的樣子，換句話說，沒有那種陰森氣息。

「好懷念哪——」

龍子夫人這話一說，大家好像迫不及待一直在等車停的樣子，立刻解開安全帶，打開車門下車。外頭地面上積滿了落葉，連個腳踩的空白處都沒有。

「以前每天都掃的。」

龍子夫人說完後，低下身去撿起了一片枯葉，嘆了口氣。

比較開闊的前院裡種植了幾棵山椒之類的實用性矮木，另外在盡頭處長著高大的櫸樹。幾棵矮樹裡頭，有棵金棗結滿了像鈴鐺一樣的果實。

「好多啊——」

「沒有人採嘛，以前我們常摘來煮成甘露煮[12]呢。」

龜子這時快步走回了大門口，自言自語地說：

「應該是這裡吧……」

我跟龍子夫人也自然地跟了過去，龍子夫人說：

「以前這門前有一條河呢。」

12.一種用醬油、味醂跟糖長時間燉煮得鹹甜油亮的料理。

「看起來是呢。」

門前那條路彎曲蜿蜒，看起來就是把河道掩蓋後鋪成的道路。

「因為以前是河道，現在沿著這條路一直走過去還會通到主要的那條河流喔。」

三人眺望了那道路盡頭一會兒，龍子好像在給自己按下開關一下，鄭重宣布：

「好吧，我來開窗，稍微打掃一下。」說著就從車裡拿出打掃用具，快步走向屋子，我也趕緊跟過去。

老實說，我有點害怕走進去，龍子夫人好像看穿了我的猶豫。

「都過了那麼久了，很多地方都修建過，絕對不是以前原本的樣子了。」

光聽這話，誰會相信我們兩個人裡，龍子是以前的房客，而我是以前的房東呢？我看見屋頂鋪了板岩片，龍子夫人順著我的視線望去。

「漏雨漏得很嚴重，所以全換了。不過瓦片好像不是第一次換，不是從前最早興建時的那批，不過也很重喔，跟古時候的瓦差不多。颱風時真的很危險，消防隊還會特地來巡邏呢。瓦店的人也說這種瓦很少見，很有價值，特地幫我們留了下來，現在都堆在後頭，晚點我帶你去看。」

鋪在地上的踏石旁長了繁茂的沿階草，玄關前有幾棵芭蕉樹很氣派地坐鎮在那兒。一進門，地面上鋪了磁磚，以前可能是泥地吧，現在踩上去還有點鬆浮的感覺。接著面前是個吻合了那空間氣息的寬敞的架高地板，有兩個台階。換句話說，那地板架高得很高，上上下下應該有點不便。不過既然他們說以前河流時常氾濫，地板架得這麼高或許也很合理。在頗高的地方設置了天窗，實現了某種程度的採光，今天好像也一整天都有陽光照入，雖是冬日，並不那麼冷。

「雨窗關著有點暗，我去開，等我一下。」

龍子夫人熟絡地往裡頭走，在我看不見的地方喀喀哐哐打開了雨窗。室內整體比剛才進來的時候亮了許多，視野也清楚了些。我還沒脫鞋踏上地板，繼續沿著可以穿鞋出入的通道往前走，大概是以前從玄關進來之後，設計成可以往屋子的外邊繞，我走呀走，碰到了一個轉角，打開門，眼前是個廚房。所以以前從玄關進來的人可以不用脫鞋，直接沿著屋子外圍走到廚房。

「以前廚房那邊也不用脫鞋喔，但後來爬上爬下的有點辛苦，就把那邊的地板也架高了。那時候還順便裝了扇門，其實沒有門的時候比較方便，買完東西回來可以直接拿進廚房。」

「從這邊可以通到中庭吧？」

龜子不曉得什麼時候來到我身邊，忽然從身後這樣說了一句，嚇得我臉色發白。真丟人，我來到這兒雖然有點緊張，但這樣就被嚇到了……。雖然不想承認，但看來我真的是個膽小鬼。

「可以呀，妳真清楚！」

龍子已經對龜子的神通力毫不懷疑，聲音裡頭甚至還帶著讚嘆。

「現在地板架高了，所以要穿過廚房就一定得脫鞋進入室內。但以前不用脫鞋，所以應該是給傭人使用的通道，畢竟不能讓傭人大剌剌地進進出出。」

龜子低吟，說完脫了草履，拎在手上，踏上那個除了流理台之外什麼都沒有的廚房。她穿過廚房，走向似乎是通往中庭的側門，開了門出去。我也連忙跟上，但一走到側門口，看見中庭的那一剎那，我不禁愣在原地。

屋子本身因為修建過，已經沒有什麼詭異的氣氛，但那中庭，卻彷彿漂散著異界的氣息。盡頭有個稍微隆起的像是小丘一樣的地方，不曉得那是不是稱為「築山」？那上頭覆滿了青苔，坡邊種了蒼勁的松樹。在蒼松與竹山之間有道蜿蜒的細流，好像是從盡頭的竹造添水那兒流過來的。

整體厚勁中帶著一股古意與莊嚴，一點也沒有新造之物的刻意擺弄。

在築山的中段，有一個赤紅色鳥居跟神祠，從主屋的緣廊處可以踩著踏石走到鳥居那邊。我這才想起，對了，中庭供奉了稻荷神嘛。龜子走到神祠那兒後行了個禮，直接伸手揮掉祠內的灰塵，從信玄袋中拿出火柴，點燃了小蠟燭，把那神祠稍微整理得頗像一回事。接著她拿出炸豆皮，指著中庭的角落說：

「山彥先生，麻煩幫我摘一片那裡的一葉蘭過來好不好？」

我於是從一葉蘭的樹叢裡摘了一片給她。她又摺成了適當大小，放上炸豆皮供在燭前。這麼一來，我家藪彥爺爺應該也滿意了吧。

「大家一起來跟稻荷神問安吧。」

龜子聲音清朗地叫我們過去。正在用拖把拖地板的龍子夫人趕忙走下中庭來。龜子對著稻荷祠恭敬地行了個禮、拍了拍手，完成了她所謂的「問安」之後，往後幾步，讓龍子夫人走向前。

「噯——真是好久不見了，等一下我再端杯茶過來噢。」

聽起來好像是在慰勞一個剛從旅途奔波回來的親戚一樣親暱。噯呀呀，真是有好多話要說呀，但先喝杯茶，休息一下吧。像這樣的感覺。接著似乎輪到我了，我只站在原地用眼神行了個禮，接著就等龜子說些什麼，反正那個「謙虛的稻荷神」大概又有什麼話要說吧。沒想到龜子只是輕聲說了句「我們回去玄關那邊吧」。

接著她就穿上草屐，沿著來時的路又走了回去，也就是再次穿過廚房，走下以前是泥土地但現在鋪了磁磚的玄關。我一邊訝異於她走得那麼快，一邊跟著，龍子好像也被我們兩個人的氣勢震住了，也跟著走下了玄關。

「佐田先生——！佐田先生——！」

龜子忽然朝著室內這麼喊，我被她的音量嚇到了，要是真的有誰出來了怎麼辦？

「山幸彥也來啦——！」

她又再次大喊，然後一隻手直往我揮，催我也趕快講點什麼。我無可奈何之下只好用介於大聲喊叫跟平常說話之間的音量自我介紹。

「我是山幸彥——。」

想當然耳什麼回應也沒有，安安靜靜，但龜子又喊了一句：

「那我們進去嘍——」接著欠了個身，彎著身子像用爬的一樣踩上了台階，走進室內。首先看到一間木地板房。

「這裡以前也是鋪了榻榻米的，大概六張榻榻米那麼大。從前不用帶到裡頭招呼的客人好像就在這邊解決，但現代人已經不需要這種接待空間了。」

「所以妳們改成了什麼用途呢？」

「也沒特別侷限。」

「哦？」

「嗯，沒特別決定做什麼使用。以前孩子還小——我是說宙幸彥啦——常在這邊跟他朋友們玩。下雨天時，這個空間也很好用呢。我們小時候也常在這裡玩辦家家酒，馬上就能跑出門了。」

我們兩人這樣聊著，這時龜子卻難得沉默。

「接下來是兩間相通的榻榻米房。」

龍子夫人邊說邊往前走，這時候從前院傳來了有車子停下的聲音。

「奇怪，是誰啊——？」

龍子疑惑地走回玄關，接下來我只聽到聲音，沒看見人。

「啊——，您在家啊！」

「咦？」

「我是那個教育委員會的……」

「噢……」

「剛好有事情想找您，可是聽說您已經搬走了，只好放棄。沒想到剛才我從前面經過時，剛好看見有車子停著，心想……」

「這樣呀，不過……我現在剛好有點事忙。其實我們房東現在人在這裡……」

「房東……您是說佐田家的？」

「是啊。」

「我可以跟他打一聲招呼嗎？」

聽見那對話，我有點緊張。聽起來是很開朗的聲音。龍子稍微往我這邊瞄了一下，我靜靜點頭。反正現在也來不及搖頭了，我這人就是這種個性。

結果那女人好像衝的一樣衝進門，是位穿著亮米色外套、頭髮在腦後綁成了一束的女孩子。簡直像隻小松鼠一樣輕快，要是跟我說她只有十幾歲，我大概也會相信吧。不過我猜她大概二十五、六歲左右。她一進門，身上的那股明亮彷彿讓周圍也射進了一抹陽光似地，我忽然愣怔住了。

「不好意思突然打擾，您是佐田先生吧？」

「是……」

「初次見面，您好，我叫緒方，是我們縣的教育委員會裡負責歷史建築調查報告書的人。」

「這樣啊……」

我也覺得我自己的回應好平淡，但我也不曉得該說什麼。

「妳進來在那裡坐著說吧。」

龍子這時候已經恢復了身為這裡主婦的自信，指著高架地板的地面說。

「不好意思，現在連塊坐墊都沒有，我去給妳泡茶噢。我先去開一下瓦斯開關。」

說完便好像有點雀躍地往屋內走，周遭忽然又靜了下來。

「您說……歷史建築調查，請問是……」

「噢，是針對藩政時期保留至今的一些歷史悠久的建築物跟土地進行調查、拍照跟蒐集史料的工作。」

這個緒方小姐一口氣沒斷地神采奕奕、眼神清亮地這麼說完。

「其實一開始在教育委員會上，提議要做這房子報告的人就是我。」

「咦？」

「以前只聽過口頭傳述，不曉得確切發生的地點到底是在哪裡，後來發現是這裡的時候真的好興奮！」

「口頭傳述？什麼意思？街頭巷尾流傳了什麼嗎？」

龍子夫人這時候已經回來，在我們身旁一起坐下。

「其實我祖先裡頭有個人，就是在這屋子過世的國家老永井繼忠家服侍夫人的下女。」

「……嗄？」

我下意識望向龜子。雖然這麼想很離譜，但我懷疑這絕對不可能是巧合。但同時也察覺自己居然在無意識之間開始仰賴起了她，不免覺得悵然。龜子悠悠點了點頭，緒方小姐又繼續說：

「那一族裡只有一個人活了下來。那時候不是發生了那個嘛，很駭人聽聞的那椿事件。唔，雖然是很久之前了。」

真奇怪，那椿我自從聽說後就一點也不想想起，一點也不知道該如何接受的慘劇，從她口中說出來，卻半點也不讓人覺得陰森。

「後來她一輩子都沒有結婚，一直住在她侄子家。她侄子就是我的直系祖先，好像是我曾曾祖父還什麼的。她把親身經歷過的那椿事件告訴了侄子的孩子們，孩子們又在她過世後繼續跟家族裡其他人講，就這麼一代傳了一代，就傳到我這兒了。當然事情經過也可能在不斷口述之間被膨脹放大，但我想應該沒有太背離事實，因為我們聽到的是那些侄子的孩子們各自成家後，又再繼續交代下來的經過，而我去年把我家族裡的人都聚在一起——對呀，就是來你們家打擾之後——跟大家打聽了一下，沒想到大家聽到的版本差不多都一樣耶，你們不覺得很神奇嗎——？」

緒方小姐眼睛發亮，身體都快要往前撲了，等著我回應點什麼。

「噢哦，嗯，是啊，是。」

「藩主繼任政爭結束後，站在江戶正妻所生的次男這邊的國家老永井繼忠，事實上就被繼承藩位的外頭領地的妾所生的長男一派給冷淡了。後來新任藩主懷疑永井與被迫隱居的長男串通造反，那時候永井如果否認到底，責任很可能被追究到正妻所生的長男身上，因此永井才把一切攬到自己身上，說是自己勸誘長男造反，但被嚴厲拒絕。他編了這樣的故事，向藩主要求切腹謝罪。其實這一切都是對方計畫好的陰謀，想追殺長男這一派。永井底下的人個個忠心敬愛他，對於上頭這樣的不義之舉氣憤填膺之下全都帶著抗議之意，追隨永井而去了。」

「妳上次來時也跟我說過這件事呢。」

龍子夫人在一旁幫腔。

「這就是妳聽到的『口述』嗎？」

「不，這不是我聽到的口述。我聽到的其實是跟鯉魚有關。」

「戀情？[13]」

「不是，是魚字邊一個里，鯉魚的鯉。身為下女的我家祖先，最後的晚餐煮的就是一道鯉魚。」

13. 鯉與戀的日文發音相同，皆為こい／koi。

「鯉魚？」

我愈來愈聽得一頭霧水了。

「所以您想跟我說的就是這個鯉魚的事嗎？」

「不是，我想說的不是這個，不過說了也無所謂……。」

緒方小姐這時輕吁了一口氣，又繼續說：

「是關於這屋邸的事，這裡近來一直沒有人住，我有點擔心您們會不會把它拆除……」

「噢，是這樣啊。」

其實我也不是沒想過這選項，只是要執行有點麻煩，我對於降臨在自己身上的災難已經夠頭大了。

「鮫島先生他們一家搬走後，我也沒辦法立刻回來處理些什麼，後來又聽說這房子好像出過一些事情……嚇死我了，真的，一想到這屋裡曾經發生過什麼……。」

我忍不住牢騷似地嘀咕了幾句。緒方小姐聽了後用力點頭。

「我覺得呀，像這種事，最好就是大大方方把它公開！就是開放給很多人來參觀，收取入場費，不要自己一個人悶著想，想得頭腦都快壞掉了！這種好像怨念一樣的東西呀，就是不能被它纏住，要啊哈哈——！這樣。」

啊哈哈——！這樣。我在心裡也跟著複誦了一遍，感覺這聲音聽起來很吸引人，但緒方小姐接下來卻說「原本是這麼希望啦——」。

先不管外表，這人講話方式怎麼感覺跟我堂妹海子有點像啊？她們這種人好像沒辦法先把結論講出來。不過緒方小姐沒有「疼痛問題」，光是這樣，就讓她比我堂妹海子顯得開朗多了。

匿伏之物

「我一開始先去找我長官商量，但他說就實際問題來說，如果是由屋主來主導就沒問題，但縣府不能隨意進行，否則就應該先把屋子跟土地買下，可是資金怎麼辦呢？我們沒有這方面的預算。」

真不敢相信自己什麼都不知情的情況下有人會在背後討論這種事情？我跟聽得瞪大了眼睛的龍子夫人對看了一眼。緒方小姐又繼續講：

「可是我沒有辦法放棄，為了保護文化財產。我跟佐田先生連絡不上，怕這樣下去這裡會賣給不動產業者，劃分成好幾塊住宅地賣出去，所以左思右想之下想出了一個法子，就是把這兒打造成公園。」

「公園？」

「是啊，請您別介意。我說的公園是把土地整治好，讓市民也有個休憩場所、房子也可以保存下來，對外開放參觀。您不覺得這提議不錯嗎？比起讓屋子就這樣一直放著老朽毀壞來得好。」

我腦中忽然浮起了「治水」兩個字。如果要把這塊土地整治好，就得對這塊水氣多漫的土地想點辦法。要是縣政府方面願意做，倒也不錯。

「當然這一切都要得到佐田先生的同意才行。只是我們去找出您的連絡方式，跟您報告具體計畫，把這件事積極推展下去之前，也必須先做好我們這邊該做的準備，所以我就去請教了以前負責這屋子前面河川治水案的縣府土木課工程費用大概會是多少……」

我跟龍子夫人這時候都屏住氣息、身體往前直直瞅著她看。這個人講話到底需不需要換氣啊？緒方小姐大氣不喘一口繼續講——

「結果還沒聊到費用，就已經講起別的事情講得很起勁了，說這邊上次一開工，就在河岸一帶挖出了很多人骨，包含頭骨。由於數量多到無法忽視，只好請遺跡調查部的人來挖掘調查，那時候我還沒去教育委員會上班。結果發現這塊河岸好像在很久以前被當成類似棄屍處一樣的場所，那個年代不只是一、兩百年之前而已，而是更久遠。那時候，這一帶有人死了就會放在河邊等屍體變成白骨，然後再隨便撿骨放到寺院墓地。很隨便吧？可是想想其實也很合理，不用特地挖洞或火化。但這一帶有寺院是在中世中期以後，在那之前，恐怕只是擺在河邊蓋點沙或蓋塊草席、立個卒塔婆[14]——應該是板塔婆——就了事了。這是常可以在日本山區看到的風俗習慣，而那些挖出來的人骨，應該就是那時期的遺骸，現在收藏在縣府科學博物館的地下室。我問他們有沒有用放射性碳定年法測定過年代，他們說如果有研究者提出要求就會做，目前沒有這個打算。」

哇……我試著點點頭，但擠不出什麼感想。她說的到底是多久遠前的事啊，中世之前會立卒塔婆嗎？還是中世前期……？

那種時間跨度已經大到讓人無法產生實際感受了。如果只是一、兩百年還好，但四、五百年就讓人覺得哇——也太久，更久遠前的年代就完全不知道該怎麼體會了。

「所以……剛說那整治方案的經費大概是……」

龍子夫人好像對這點很在意，但有點顧忌地開口詢問。正在喝茶的緒方小姐說聲「嗯」，放下了茶杯。

「這條本出川在古時候是很會氾濫的河川，所以河床似乎沒有固定，放在河邊的人骨也會隨著漲水時期被流走。於是在江戶時代中期，進行了第一次治水工程。那時廣闊的河岸有些地方被開墾成農田，有些被開墾成住宅地，也就是因為可以取得大片土地，國家老才會在這裡興建別邸吧。沿著河川的那條路，從以前就是主要街道，甚至在進入江戶時代後成為主要參勤街道之一。椿宿這個地名，好像就是當時大名與旗本們的參勤隊伍下榻的地點。這件事，您們知道嗎？」

我是第一次聽到，搖搖頭，龍子夫人點點頭。

原來如此。椿宿既然有個「宿」字，的確很可能是當時主要街道上的一個宿場[15]。龍子夫人知道，緒方小姐也知道，所以這在當地人之間可能是眾所皆知的事實，但就連這樣的名字也從行政上消失了，今後恐怕只有更被人淡忘吧。

「治水工程之前，椿宿這個地點其實是一直移動的，因為河道沒有固定。但在發生了那件淒慘事件後，有人說『椿』這個字眼是不是不太好。所以在這一帶的武士人家裡，椿花被視為不祥之花。因為您看嘛，椿花落的時候不是都一整朵啵——地掉了，讓人連想到人頭落地。但其實要這樣說的話，河川本身，或者說河岸本身才更穢氣呢。」

緒方小姐這時候好像嘴巴又渴了，再度拿起茶杯。

14. 上頭寫了經文的供養用木牌，語自印度浮屠塔。
15. 相當於古時驛站。

「所以那個……」

龍子夫人也再一次不好意思地插嘴。

「經費方面……」

「噢。」

緒方小姐又再次放下了茶杯。

「後來就做了治水工程，之後又做了第二次治水，所以……這一次就算要整地，大概也只要砍掉一些樹，讓日照充足、植些草皮、規劃停車區、弄個飲水區還有長椅等等的就好。那個金額應該是只要我們能夠訴求這屋子在文化上的重要性，——當然也要得到佐田先生的同意——就能解決的金額，當然，最後業者投標金額會是多少也是個問題就是了。」

「可是就是那第二次治水工程之後呀，下了大雨，這一帶全都泡在水裡了……。後來糙葉樹也被砍了，河流也被引到更遠的地方去，這一帶河道整個都被填蓋住，所有這一切都說是為了防洪所做的設施，結果反而碰到了前所未見的大水災。」

龍子夫人的聲音很沉重。

「這裡本來就不是那種隨便弄弄就能整治好的地方，河流之所以會從那裡流過，絕對有它的道理，這一點在水災後已經不用說就非常清楚了。」

「那次豪雨真是破天荒……。」

緒方小姐好像也回想了起來。我去年不在這裡，不曉得那場「豪雨」到底有多大，但近幾年，規模大到像是瞬間風暴的超大豪雨侵襲了日本各地也是事實。那些甚至不算是瞬間風暴，因為不是一下子就停了。

「所以要做的話，就希望能夠徹底調查清楚，這塊土地到底哪裡有什麼問題。」

龍子夫人的口氣很強硬。我就是沒辦法學會這種「強勢態度」。

「我也這麼想，所以實際上我們也已經開始進行實際調查。只是要把這種調查結果徹底反映到治水工程上，有一些事情還是得先定下來才有辦法繼續，但如果要買下這裡，肯定會吃掉預算……」

這是在暗示我要把這塊土地跟這間屋子捐給縣府嗎？但要是這麼做，我家藪彥爺爺不知道會囉嗦成什麼樣子。

「不過這邊據信也是投網市內最早有人居住的土地之一，所以我想把這裡弄好，不只是因為我家祖先跟這兒有淵源，也是想把這塊土地好好整治好再留給後代。所有我能力範圍內的事情我都會去做，包括那些地質學上的調查，也會徹底查清。」

「話說回來……，以前我聽說這條本出川的名字本來叫做骨出川……」

龍子忽然低聲說道：

「所以從以前就……」

「要是整地整到一半，突然從這塊土地上挖出了什麼骨頭該怎麼辦呢？不只骨頭，萬一挖出了什麼遺址遺跡之類……」

「那再好不過啦！我們就直接保留下來，規劃成公園的一部分，旁邊立塊告示板說明。」

緒方小姐很滿意地這麼說。

「怎麼樣呢？」

我跟龍子夫人再度對望。

「我得跟家人親戚商量才可以，現在沒辦法答覆您，請給我一點時間。」

我講了個無可無不可的回覆避掉這場面，緒方小姐聽了後，躊躇了半晌。

「其實這件事還沒公開，最近有個新提議，計畫要把這一帶興建成水庫……」

「什麼——！」

龍子夫人聲音拉高了八度。

「理由說是因為之前的大水災，但誰都看得出這是部分議員跟關係好的土木業者在背後搞鬼，所以我想趁那提議還沒過，趕緊先做出一點成績，把這裡打造成文化上、歷史上都對縣民來說是很珍貴的休憩場域，還好我們同事全都反對水庫興建，一聽說了那提議後，馬上全數支持我的公園化計畫。我正想著要趕快跟佐田先生您取得連絡才可以，沒想到經過時，剛好就看見院子裡停著車子，這不是冥冥中有什麼在引導我嗎？您可以想像我現在心情有多激動嗎？」

不用想像我都看得出來。

水庫……。

完全沒想到會有這樣的發展。龍子夫人的表情很僵硬，大概是不曉得該怎麼消化這情況吧，我也是，但我們兩人對這土地的情感並不相同。至於緒方小姐，一副已經把該講的事講完，了無罣礙的樣子，第三次放下了茶杯。

「所以您這次來是……」

她眼睛睜得更大更亮，一點也沒有要掩飾好奇的樣子。我知道她想問的是我為什麼會來椿宿。

「唔，剛好有些事情……」

碰到這位坦率的緒方小姐，我也不知道該怎麼搪塞過去，口舌打結了起來，這時龍子夫人不動聲色地代我回答。

「前任房東過世了，現在這位山彥先生是新的屋主。他以前沒來過這裡，所以我這次陪著他一起來。」

但是緒方小姐想聽的大概是我為什麼會在現在這個時間點來吧？通常一般人聽到別人這樣回答會察覺有異，不再追問下去，但這位緒方小姐好像不是「一般人」。她看見角落裡擺著我們從車上拿來的卡式瓦斯爐跟棉被，問道——

「今晚要在這裡過夜嗎？」

「是啊。」

「咦，一個人嗎……？」

「不是，三個。」

「三個？」

正當她這樣又問了一次的時候，龜子從後頭回來了。我剛剛完全忘了她的存在，看來她好像獨自去了後頭探索，現在一臉疲憊的樣子。後頭有什麼嗎？我心想。忽然竄過了一陣不安，這時候龜子忽然對上我的眼神……。

「哎……」

她搖搖頭，令我更加不安了。緒方小姐在旁邊露出「這位是……」的表情，微笑地看著我，等我介紹。

「這位是假縫女士。」

沒辦法，只好盡可能簡短介紹，但想到反正她一定又會追問下去吧，我乾脆坦白說：

「她是那方面靈感比較強的人，如果要說的話。」

說完後，意識到了龜子的感受，又追加訂正。

「不是『比較』而已。」

「是啊。」

剛才還一臉疲憊的龜子，一看見緒方小姐，馬上又像打了興奮劑一樣眼睛晶亮，開始語帶自豪地展示自己在「那方面」的能力。

「所以有位大德……就要我陪佐田先生一起來。」

「那位大德應該不是活人吧？」

緒方小姐也眼神閃閃發亮，好像是對「那方面靈感」起了興趣。我真是無法理解這些人，龍子夫人跟泰子太太也是這樣。龜子似乎已經習慣了被人這樣「崇拜」，一副仙人仙氣的樣子說：

「是啊，不算是現世之人，不過那無關緊要。倒是從剛才就停留在緒方小姐您身邊的這位，對，就在您右邊肩上。」

「咦——？」

緒方小姐笑了，看看自己右肩。

「好像是隻鯉魚。」

「啊啊啊————！我全身都要起雞皮疙瘩了啦！」

雞皮疙瘩應該是只有在害怕的時候才會出現吧，但緒方小姐怎麼看都很開心、很興奮。對了，我記得剛一開始的時候，她好像就說她家的「口述傳聞」是跟鯉魚有關，該不會龜子就是在那時候聽到的吧？還是她那時候已經去了後頭呢？想不起來了。

「那一定是我的曾、曾、曾姑婆啦！絕對沒錯！」

怎麼能在「超靈者」面前這樣自己先嘰哩咕嚕地把背景交代出去？我心想應該提醒她，但問題是超靈者就在我面前，我無法做到。哎，反正超靈者要怎麼耍弄，我都無所謂，只要能把我的「疼痛」給解決掉就好。說是這麼說，我大概也下意識想打斷緒方吧。

「咦，天色都暗了呢。」

我看看窗外。龍子夫人好像正在等這句話似地馬上站起來打開了電燈，周圍忽然亮了起來，同時空氣中也好像漂散起了一種奇特的寂寥，彷彿有一個異世界正在眼前鋪陳開來，我望著緒方小姐，真是個怪人哪，我心想。眼睛對上了她的，她好像也正在這麼想，我隱約感受得到。就這麼四目交接了一陣子。
龍子夫人似乎因為時間被打亂了而有點焦急。
「不好意思，我先去把剛才掃到一半的要用的地方先掃完喔。啊——，緒方小姐，妳請繼續，不用管我。」
通常一般人聽到別人這樣講會說我先告辭了，可惜這個緒方小姐真的不是「一般人」。
「有沒有什麼我可以幫忙的？」
好像馬上就要伸手去拿起抹布的樣子。
「但妳現在是公務時間吧？」
「不是，我其實剛才正在回家路上。啊，我可以用這個嗎？」
說著便把拋棄式除塵紙夾入平板拖把裡。這個人講話快，手腳也快。
哎呀不好意思啊——。被這麼一講，她馬上又說：
「才不會呢，居然能在這裡打掃，我真是太開心了！」
接著轉向龜子，一副想徵求她附和似地。
「感覺這屋子裡好像很有點什麼噢～好像有很多東西匿伏在裡頭？」
龜子居然難得沒回應。但想來是自己住了很久的房子被人講得好像鬼屋一樣，心情不好吧，龍子夫人有點不悅地回了句——

「我們以前在這裡可是住得很開心呢，也有好多回憶……。家不就是這樣嘛，壞事也好、好事也好，福福禍禍都幫我們包容了下來……」

「正是如此——！」

龜子的聲音像是從肚子深處吟唱出來的一樣。

可是……萬一睡覺睡到一半，那「匿伏在裡頭」的什麼東西跑了出來怎麼辦？我像小孩子一樣開始感到恐懼，龜子不知是不是看了出來，聲音洪勁地說了一句——

「共生共存，方為上策！」

哎算了，反正有這個龜子在大概總有什麼對策吧，我定下心來。

「不好意思，我打個電話跟我堂妹說明一下，也要跟她商量這裡是否要賣的事。」

大家正忙著打掃，我藉口要打電話，走出了屋外。

外頭已天色昏暝，風一起，帶著冬日的峭寒。天空很低，勉強還留了一點晚霞掛在天邊，從群青到青紫再到紫紅色調。暮宵裡的明星——金星，獨自一顆在天邊閃耀。

我走進車裡，發動引擎，打開車內燈，拿出了手機。

平常我是不用手機的，有是有，只是我的生活形態跟交友關係都只要用室內電話就能解決了。最近打手機，都是下班路上突然身體痛到受不了，趕緊打去診所找百合子醫師求助。不過這一次出遠門，我估計手機應該有出場的機會，連充電器也帶上了。電話一撥通，海子開口就說：

「噢，怎麼樣，那邊情況怎麼樣？到椿宿了嗎？」

「到了，不過過程有點曲折。然後有件突發狀況要跟妳講。」

「我也有事要跟你講。」

「妳先講吧，請──」

「是你打過來的，你先講吧。」

好啊，於是我一邊梳理事情經過，一邊告訴她，但跳過了龜子說我們家好像是狐巫家系的這件事，畢竟我自己就不相信。首先根本沒有證據嘛，要我自己這麼講出來的話，應該要有證據。

「另外還出現了一個提議……說要把這邊變成公園，我覺得這也是一個選項，但爺爺光對一個稻荷神就那麼囉嗦了，要是把這裡賣了，他不知道會怎樣。」

「可能會變成鬼跑出來唷，不對，它已經跑出來了，要是再進一步展現實力的話，不曉得會發生什麼嗅。話說回來，爺爺也沒說過那裡不能賣掉吧？」
「但也沒說過可以賣掉。」
「所以問題不在於賣不賣啊？」
「那麼問題是？」
「一開始就是稻荷神自己跑來要人去參拜祂的不是嗎？從龜子的嘴巴講出來。」
「是啊。」
「所以祂是察覺到了水庫興建的危機，跑出來求助嗎？」
「我也不曉得。」
「龜子那時候不是還說了什麼？」
「妳說她一開始提起稻荷神那件事的時候嗎？我記得……她還說有個會移動的穴道，叫做椿宿。」
我一邊回想，忽然意識到這不是跟剛才緒方小姐對於椿宿這片土地的解釋很吻合嗎？心頭一震。
「嗯……，山幸，我知道你現在心裡應該很抖，但你冷靜下來思考一下比較好。」
「什麼意思？」

「比方說，龜子可能事先調查過那裡的事？」

「也不是沒有這個可能……，但她沒有必要那麼做吧？而且妳不是很相信她的神通嗎？」

「那是另外一回事，你這個人腦筋很死耶——」

我腦筋很死跟我們談話內容的統整性有什麼關連？我完全不懂，忿忿不平。

「妳本來要跟我講的事呢？」

「噢，對了對了——」

她聲調突然拉高。

「今天下午，假縫突然打電話給我，說他認識的醫生正好從美國回來在附近醫院臨時門診，現在正是機會，要我去神經內科掛號。所以我就提前下班去了一趟醫院，結果發現了很不得了的大事耶！簡單地說，就是我體內藏了病毒，說這個可能就是造成我病痛的原因！」

「藏在哪兒？」

「神經節之類的地方。醫生說病毒會藏得讓人完全找不到。以我的情況，好像已經藏了幾十年了。我跟自己身體出狀況的時間點對照了一下，真是太神了。」

「什麼叫做讓人找不到？」

「就是藏在免疫系統裡呀。你的應該也是這樣吧？要是這樣，我們搞不好可以靠抗病毒藥物脫離苦海，踹開這種莫名其妙的困境。」

「可是是什麼病毒啊？」

「說是皰疹病毒，我也不太清楚，感覺皰疹的症狀好像也不是這樣噢，但無所謂啦，只要能好，什麼都好。」

「所以妳好多了嗎？」

「接下來才要開始治療呀。」

所以這不又是一個莫名其妙、捉摸不著頭緒的「診斷」嗎？光是醫生是假縫介紹的這點就夠可疑了。

天色已全暗，我說我今天先睡了，明天早上出門在家裡附近轉轉看看，再跟妳連絡，便掛了電話。

假如有什麼匿伏之物真的潛藏在什麼地方，既然都已經過了那麼久的歲月，可以裝傻不管就別管了吧，何苦要去動它呢？但若有什麼地方開始失衡，便會釀成莫大的災害，現在不就是這種情況？

但是把匿伏之物逼出，除之而後快——這樣真的就能解決問題嗎？

祖先的家

夢裡，我被包覆在一個巨大的繭中。看起來好像是在雪洞內部，但材質並不是雪，而是——不曉得為什麼我就是知道——細絲。有一隻小動物正啣著細絲在繭中繞了一圈又一圈。內部微暗，我看不清楚那隻小動物到底是什麼，但牠似乎正忙著把我從這個繭中解放出去。牠啣著細絲想把繭解開，化除掉內部與外部的界線，只是繭壁實在太厚了，一時之間似乎不是那麼容易解開。這隻不曉得到底是什麼的小動物跑了一會兒後，從嘴裡吐出了一顆小繭，就這樣不斷重複地又解又吐。在牠把我弄出去之前，這些小小的繭很快就會堆滿內部，讓我們窒息而死吧。無論是我，或是牠。我想告訴牠我的擔憂，但牠動得好快，實在沒機會傳達給牠。

我慢慢醒轉。看見自己躺著的榻榻米前方幾公尺之外，有幾個人的腳躡躡地走來走去。該不會就是被那震動影響而做了那樣的夢吧？我意識還迷迷糊糊，微微睜開了雙眼，一直盯著天花板跟旁邊連接的牆壁。這裡不是我熟悉的地方。這裡是……？

啊，我想起來了。

這裡是椿宿老家。

我跟龜子還有龍子夫人一起，昨天第一次來到這個屋子，過了一晚。我睡在靠近玄關的房間，她們睡在隔著紙門的旁邊房間。

我輕輕轉換成趴睡的姿勢，仰起脖子再次看了一下四周，馬上就注意到空氣裡充滿了煙霧。我之所以判斷這應該不是火災之類的情況，是因為腳步聲非常規律而且輕手輕腳，也就是說，並沒有緊急情況。我眼睛跟拿著鍋子的龍子夫人對上了，她面前有個下挖式地爐。地爐裡的木枝劈劈啪啪燒得正旺。昨天晚上那邊有個地爐嗎？

「啊，你醒啦？」

「早安。那是地爐嗎？昨天晚上完全沒注意到。」

我爬起來，不曉得為什麼莫名其妙在棉被上跪坐了下來。

「以前這邊挖了個地爐，昨晚我在棉被裡忽然想了起來，大概是太冷了吧。」

「真好。」

一爬起來，就同時感受到了真正火焰的那種帶了熱度的溫暖與燻氣，以及早晨凍入了骨子裡的刺寒。

「沒什麼吃的，但我弄了一點白飯、味噌湯跟醬菜。」

「不好意思，妳應該把我叫起來一起準備的。」

我嘴巴是這麼說，身體連忙移動到爐火旁。正要坐下時忽然又想起還沒洗臉，從波士頓包裡拿出了洗臉用品。

「請問一下洗臉台在……」

明明是我自己的房子，卻什麼都要問龍子夫人，真丟人。

「在前面那個廁所旁邊。」

對噢，這麼一說我也忽然想起廁所旁的確有個洗臉台。

廁所在面朝中庭的濡緣[16]盡頭，是曾祖父那個時候加蓋的，稻荷祠也在中庭。我經過時停了一下，稍微合掌朝著它拜了拜，接著又要往洗臉台走的時候，忽然留意到，咦，昨天龜子不是在那裡供了炸豆皮嗎？於是又回頭看了一下。沒有，果然。這是……？我一邊走，一邊懷疑，可以想到的情況有三種。第一種，被貓狗、鼬鼠或貉子那一類動物在夜晚叼走了。第二種，雖

16. 傳統日式房屋最外圍沒有門戶遮蔽會被雨打溼的通道空間。

然太荒唐，但也許真的有什麼超自然現象讓炸豆皮忽然被拿去了另一個世界吧。第三種，我不太想想像這個可能性，但我剛才瞄一眼鍋子裡的味噌湯，那炸豆皮……該不會是被丟進去煮了吧？

的確，昨晚炸豆皮被裝在塑膠袋裡，雖然是擺在戶外，可是昨晚那個時間過後也沒有陽光照射，不至於太不衛生，而且現在又是寒冬，外頭的氣溫跟冰箱裡面一樣，保存狀況沒什麼差別。

但為什麼我光想就覺得好不舒服呢？在掉了一兩顆小磁磚的舊型洗臉台前，我一邊刷牙，一邊考量，結果怎麼樣都不得不承認，這是因為那會令我覺得自己好像是在吃狐仙的剩菜，而這點令我不愉快。真愚蠢，我其實根本就不相信有什麼狐仙。

把手也洗乾淨，回到房間的時候，龜子跟龍子夫人已經坐在地爐旁等我過去一起坐下。

「我把東西放進車子裡時有看見你們放了味噌跟米，但……」

我一邊打量著鍋裡菜色，一邊坐了下來。

「這裡頭有……炸豆皮？還有綠色的……」

「炸豆皮我昨天先拿了一片起來，心想可能派得上用場。」

聽見龜子得意地這麼講，我不禁放心地吁了一口氣。但這麼一來，那消失的炸豆皮應該是貓狗幹的好事吧？龜子說完後，龍子接著講道：

「這些綠色的葉菜類是我們這土地上種的喔，以前我在這裡開墾了一個小菜圃，就在屋子後頭。本來還以為應該全滅了吧，又沒有人住，沒想到蔥哪、茼蒿啊全都還活著，就算沒人顧也活得好好的。」

龍子一臉心疼地這麼感嘆，龜子沉沉點頭。

「真的，人在不在都沒關係，植物真偉大。」

「這個地爐，我剛搬來沒多久就把它蓋起來了。請人做了蓋子，從上面蓋上。因為那時候孩子還小，這樣比較不危險。」

「而且要用時，三兩下就能打開來使用呢。」

「自在鉤[17]收在儲藏間裡，可是要掛在樑上才能吊起鍋子，所以我就放棄了。還好在同一個儲藏間裡找到了五德[18]，這麼一來，就可以把鍋子架在地爐上煮。」

樑？我一聽，抬頭往上看，但上面貼了天花板，看不見頂上的樑。龍子夫人也隨著我的視

---

17. 一種垂掛在地爐上方用來吊掛鍋子茶壺等器具的垂鉤，可配合火力調整長度。
18. 一種有數根底架的圓輪，以鐵或陶製成，可置於爐火上放置鍋壺等。

線望去，一邊說：

「以前地爐仍在使用的時候，煙會燻到樑跟屋頂底下，可以造成一些防蟲效果吧，但是把地爐蓋上後，挑高那麼高會很冷，所以當時我就請師傅順便搭了天花板。不過現在一把地爐打開來使用，這煙真是……燻人噢，真的。我已經稍微打開一點窗戶了，要是燒炭火就不會這麼燻，可是又沒有炭，剛好院子荒蕪成那樣，枯枝要撿多少都有，我就想一石二鳥，既可以順便打掃庭院，也可以取暖。」

「原來如此……」

的確，如果不用擔心二氧化碳中毒的話，沒有更好的解決方法了。

「今天早上，我跟假縫師傅一起把地爐的蓋子打開後，就去院子裡撿了些可以當成柴燒的枯枝。院子裡掉了好多枯枝落葉，還有杉葉呢。最近一直沒下雨，乾燥得很徹底。昨天那麼久沒回來，院子裡亂七八糟的真看不下去，現在清爽一些了。」

「杉葉剛好很適合用來起火呢。」

所以我是聽見了她們兩人忙亂的聲音，才做了那樣的夢嗎？

「應該把我也叫起來一起弄的。」

我不知道該說什麼，只好又表示一次歉疚。

「這種煙哪，真是讓人感覺懷舊呢。」

龜子這麼說。但我瞥見她眼尾有一滴小小淚水被吸入刻劃在她臉上那深深的無數皺紋中。真的很燻。但是也很溫暖，就算從微微開了個縫的窗縫間不時飄進的冷空氣引人打噴嚏。

「昨晚真的好冷，年紀大了，身子實在受不了。我們這附近有一間很不錯的溫泉設施，最近才蓋好的，我等一下要跟假縫師傅一起去泡一下，你要一起去嗎？」

溫泉。聽起來真吸引人，不過我計畫中午前要在這屋子好好探查一下。大概是在我還沒起床前她們兩人說好的吧，昨晚大概是真的被冷到了。

「不，謝了，我打算好好檢查一下這屋子的狀況。」

「也對，你這一趟來也是為了這個。」

龍子點點頭。

「不過我還是要請假縫師傅跟我一起去泡泡溫泉、暖暖身子，畢竟我接下來還有事情要麻煩她再忙上一陣子呢。」

龜子輕聲地說哪裡哪裡，但一晃眼就站了起來，從包包裡拿出毛巾，準備要去泡溫泉了。龍子夫人也開始收拾碗盤。

「您們趕快去吧，這些我來收就可以了。」

「可是你這麼久才回……也不對，這是你第一次回來。我們跟你借了這麼久的房子，怎麼能讓你勞動呢，而且我們兩家還是親戚。」

噢喔～這可是我第一次聽見她說出親戚這個字眼。正這麼想時，

「龍子夫人，我看就麻煩山彥吧，我們這樣也比較省時啊，時間寶貴。」

龜子這麼勸道。龍子夫人看看我，我點點頭。那麼就勞煩你了，龍子夫人說完後，兩人像兩個老學生一樣開開心心地出了門。

龍子夫人的車聲逐漸遠去。

呼——，我吁了口氣。好吧，接下來把吃完的東西收拾一下，去確認一下地界線好了。正這麼想的時候，忽然又聽見門口有車子接近的聲音。該不會是忘了什麼吧？我瞄向門口，結果充滿朝氣地邊說早安邊走進來的人，居然是昨天那位年輕的緒方小姐，而不是兩位老婦人。

「啊——，您是昨天那位……」

「是啊，我是昨天那個緒方。昨天忽然跑來，真的很失禮。哎呀，地爐！」

「今天早上我還沒醒的時候，她們兩位先把這設置好了。」

「真好——，可以讓我取暖一下嗎？我最喜歡這種地爐、柴爐的火焰了。」

「當然好啊，請、請。」

我把餐具收到一旁，騰出位置給她。她說：

「不好意思，我昨天還沒給您名片呢。」

纖細的手指從名片夾裡抽出了一張名片。

「謝謝。」

我邊說邊接過來，眼睛落在名片上。

「珠・子，是這樣唸嗎？」

「是啊，珠珠的珠，珠子啦。」

我沒說出口，但頗覺得是個美好的名字。珠這個字，有種完美諧和的聲響。她剛自己那樣有點含笑地唸出來，大概是覺得自己的名字很綜藝吧。

「假縫師傅她們呢？」

「去泡溫泉了。昨晚好像被冷到，龍子夫人說這附近有個新開放的溫泉設施。」

「噢，對呀，之前有民營單位打算利用地熱來設置發電廠，結果一起興建的溫泉設施反而先蓋好了。」

「地熱？」

「是啊，這兒有座活火山，很久會爆發一次。從前火山另一邊有個溫泉鄉，但這一頭還沒有過那樣的設施。聽說早期好像有些人不太喜歡那種有陪客女郎出入的遊興區出現在這邊，但現在不像從前那樣了，現在這種是很健康的男女老少都可以享受的溫泉水療館喔。」

「噢——」

我聽爺爺說過有火山的這件事。要是他知道這裡現在還有這麼一間健全的龍宮城般的設施，大概會感慨良深吧。

「不過說起來，真沒想到這裡還有地爐啊。」

珠子小姐身子稍微往後仰，仔細觀察起了地爐。

「而且好像不是屋子剛蓋好時就有的，是佐田家搬來後才挖的呢。」

珠子小姐聽我這麼說，深深點了點頭。

「興建這房子的時候雖然是做為別邸使用，但畢竟是武士的住宅，不會在玄關這邊設置地爐才對。」

珠子小姐說道，兩眼晶利地四下張望，視線停留在了天花板上。

「天花板……」

哇，真不愧是專業的！我在心中暗嘆，把今天早上從龍子夫人那裡聽來的歷史跟她講了一遍。

「這樣啊……，所以那上面應該還有個『越屋頂』吧？」

珠子小姐深深點了點頭。

「越屋頂？」

「對呀，這個房子在屋頂上還有一個小小的，像是小模型一樣的小屋頂。你應該還沒仔細從外面看過這房子吧？」

昨天我第一眼看到時，只覺得這房子的屋頂好古老啊，注意力都聚焦在院子跟屋子裡面。

「居然有那樣的東西。」

「地爐還在使用的時候，樑應該是露出來的，可以從越屋頂排煙……，算是具有換氣功能吧。現在應該也可以，只要把天花板片拿開個兩、三片，再把越屋頂的窗戶打開，應該馬上就能換氣了。」

珠子小姐說到這時，眼神中閃爍著一種熱切的什麼直直瞅著我看，我也跟著她激動起來，不多想就說：

「要是有個摺疊梯還什麼的就好了……」

其實我動機裡有一半是因為從剛才我就被那煙燻得嘴巴、鼻子現在連眼睛也快要被燻得閉起來了，出於這種生理困擾。珠子一聽我這麼說，居然馬上站起來走出了屋外。

那行動力真是讓人望塵莫及，我只能傻傻看著她背影。

把天花板片拿開？這種事，我這種三十肩的人做得來嗎？一擔心，忽然驚覺對了！我可是個有三十肩跟其他一大堆毛病的人耶，怎麼忽然那些纏人的困擾全都滾出了我的意識之外，這是怎麼回事？我一點也沒感覺到那些痛楚……不對，我依然可以感覺得到那些痛楚還在某個遠處低聲嗚咽，這點完全可以肯定，可是我的感知沒有捕捉到它們。名副其實的不覺痛癢。

這是從什麼時候開始的？

昨天晚上我不時覺得冷，但一點也沒有痛到睡不著。我記得昨天白天在咖啡店「糙葉樹」的時候還是單手高舉的狀態，之後從「糙葉樹」移動到這兒的車上呢……？我想不起來了。感覺好像在那時候，疼痛就已悄然遠離。

我想哪想，全神貫注之間珠子小姐又走回了門邊，說了句話把我拉回了現實。

「有耶！就掛在後面小屋的牆上。」

「這樣啊。」

沉默了半晌，珠子小姐忽然清靈一笑，我居然一下子就像被狐狸附身了一樣，站起身來，走出門要去後頭拿摺疊梯。天氣真好。昨天抵達後馬上就天黑了，也沒仔細看看外頭其他地方，現在這麼一看，的確樹木跟樹枝都抽長到了沒人管的地步，落葉也積了滿地，一看就疏於管理，而這責任在我身上。我一邊覺得汗顏，但很奇怪地也從心底湧出了一股眷愛，甚至還感受到了一種血緣的濃厚。雖然這樣很不像我自己。但這邊雖然在過去與我毫無接點，但毫無疑問這裡是我祖先的家。珠子帶我走去後頭，一邊說：

「這房子至少經過了三個時期呢，一進門那個面朝玄關的木板房，就經歷過了沒有地爐的武家大宅年代、加了地爐跟越屋頂的佐田地主年代、結婚後的龍子夫人把地爐關上並加裝了天花板的龍子時代。」

「您說得有道理，而且您居然還知道什麼越屋頂之類的，甚至還有這種俯瞰建築整體歷史的縱觀大局的能力，您是建築方面的專家嗎？」

「不是啦，我只是喜歡古民宅而已，從學生時代就常到各地——對，像是白川鄉那些還保留了古老民家的地方去走走看看，所以慢慢就吸收了一點這方面的知識了。」

原來如此，所以她後來才會注意到這幢老民宅吧。

「噢，所以……」

「對啊，我從以前就對這屋子很有興趣……啊，就是那個！」

她指的地方，還真的有個鋁製摺疊梯被攤開來像梯子一樣直直掛在一間看來像是倉庫的小屋外牆上。

「這應該是龍子時期的物品吧。」

「很明顯是。」

我把從地上攀長上去的看起來像是常春藤的植物扯掉，高舉雙手，把摺疊梯拿了下來。雙手高舉的那瞬間其實心頭緊張得要命，但一點也沒覺得痛，這反而令我覺得有點恐怖，而不是開心。

「好奇怪啊……」

我喃喃自語。

「什麼事？」

珠子小姐天真地問，我說嗄，什麼？裝糊塗搪塞了過去。這時，正好瞥見應該是龍子夫人以前開墾的那片家庭菜園，便指著那荒蕪的菜園說：

「那些長得亂七八糟又瘦又弱的茼蒿跟蔥，今天早上被龍子夫人拿去煮味噌湯了呢。」

「哇，好讚噢──。這種的最好了，真的很讓人嗚哇～耶。」

「嗚哇？」

「就是好像你很久沒到一個車站，走出票口時，居然看見很久以前有事不得不丟在那裡的一條狗竟然還在那邊等你回來的那種感覺呀。」

「嗄？」

這種講話方式根本就是海子的翻版。我現在好像應當要對她的比喻方式表現得很讚嘆的樣子，但可惜我已經不是會覺得這種說法好有趣的年紀了，而且光是海子就已經讓我受夠了。我沒有什麼反應，這時候珠子小姐忽然把手伸向摺疊梯另一端。

「我拿這一頭吧。」

看來她也有可愛的一面。

「不用了，您看，都到了。」

我把摺疊梯拿進室內，架了起來放在地爐旁。

「要挪開天花板片的話，還是儘量靠近地爐正上方比較好嗎？」

「是啊，因為是像煙囪一樣的地方嘛。」

「那可能還是需要類似木槌之類的東西……」

如果等龍子夫人回來，應該可以找到類似的物品，可是我心想，只要是有一頭能拿、另一頭又是硬的東西應該都可以拿來代用，不見得一定要是木槌才可以。比方說，炒鍋之類的。於是我打算去廚房看看有沒有什麼東西能拿來代用，就在我一腳踏出房門那瞬間，後頭傳來一聲

「碰——」的悶沉聲響，還有一聲「哇——！」的悲鳴。我趕緊回頭看，看見珠子小姐就站在摺疊梯上，一臉茫然地看著我。有一片長長的天花板片被往上翻了起來，露出了縫隙。我原以為天花板片應該是更窄短的，沒想到只是一片片長長的板片，就那樣架在棧木頂上而已。我猜大概也有更花功夫打造的天花板吧，只是房客龍子夫人他們當時可能只想趕緊搭好避寒。

「怎麼了？」

一看就知道，但我還是問了一聲。

「不知道為什麼，就覺得可能握拳往上打，就能把它打開……」

珠子小姐話聲剛落，馬上咳得厲害。

「還好嗎？」

「還好，我只是……灰塵……。我再打開一片看看。」

「我來吧，您快下來，很危險。」

說完後，我們兩人輪替。我握拳往上，想像她那樣再打開一片，但只有撞疼自己的手，天花板連動都沒動。大概是因為我患了三十肩，手臂沒力吧。但我要是把這講出來，聽起來好像在找藉口一樣，但不說的話我當下就顏面盡失。

「其實……我有三十肩……」

「啊，原來如此，那您不要太勉強，我來吧。」

真丟人，我們還是交換了。

「您看，這邊有一片已經往上翻了。大概是每一片之間稍微有點重疊，然後在重疊處打了釘子進去吧。」

她邊說，邊把一副粗棉手套疊在一起，然後在外頭包了毛巾後拿在手上，像啦啦隊一樣嘿——！往上用力一拳擊向了天花板。瞬間塵埃翻飛，氣流好像也變了，地爐裡的火焰也劈劈啪啪燃得更旺。這麼一來，已經有兩片天花板片完全被撞了開來。珠子小姐好像已經不把我算在戰力裡面，她自己一個人繼續往上爬，把天花板片一片片地稍微推推晃晃，拔起鬆開的釘子，再將推開的天花板片挪到旁邊的某片天花板片上頭，空出了一個大開口。煙勢很明顯被迅速地往上吸，同時也有冷空氣下降。

「好暗哪。您有手電筒嗎？」

我趕緊把擺在房間角落的手電筒拿來給她。

「謝謝。哇……！好壯觀的木構啊。太厲害了。越屋頂好像關上了，不過這個木構根本就是個巨大的攀登架，我應該可以沿著它爬上去把越屋頂打開。」

「我來吧！」

我儘量毅然決然地這樣講，但珠子小姐把探進天花板裡頭的頭縮回來，往下（掂掂斤兩似地）看看我。

「您可以嗎？」

說得有點不放心。

「我可以，這種程度沒問題。」

「嗯，不過那樑上都是煤灰，您可能會弄得全身黑唷，您有沒有雨衣之類的東西？」

「有。」

我早料想到會有這種情況——不，其實我沒把這情況列入假設清單中——所以包包裡頭永遠都塞著一份拋棄式雨衣。我馬上就去拿來。

「那就麻煩您了。啊，有粗棉手套可能也會好一點。」

「我有防寒用的皮手套。」

「那可能更好，畢竟危險。」

我們又再度交替。我爬上了摺疊梯頂端，拿著手電筒四下照射。原來如此，上頭有一些如果是女性，恐怕得張開雙手才能環抱的大木頭縱縱橫橫搭成了組架，被手電筒照到的地方黑亮黑亮的，顯現出一種驚人的存在感，我不禁快被震懾住了。哼！什麼啊，我才是這屋子的主人呢。我心底湧現出一股不服輸的氣概。

「小心一點哪，有釘子之類的哦。」

好、好。珠子小姐的聲音聽來很擔心，我一邊回應，一邊小心翼翼地往前探索，正要拿起手電筒往上照，確認一下越屋頂的位置時……

「啊——！」

一個黑麻麻的不曉得什麼東西在那裡。我一開始以為是貓頭鷹還什麼的，但似乎不是。一個黑漆漆的人偶，四周晦盲幽暗，我無法看清細部，但似乎是一個福助人偶。

前所未有的成就感

「怎麼啦——！」

珠子小姐從下方擔心地問。

「沒事沒事，只是有個奇怪的東西擺在那裡嚇了我一跳……。看起來好像是個人偶……」

「人偶？」

她聲音帶著訝異地問「該不會是……」，接著忽然聲音低沉，像是在壓抑心底的亢奮一樣。

「養蠶神……之類的？」

養蠶神的確是東北民間信仰的家庭守護神，這人想像力很豐富，但就地理位置來說這裡也離東北太遠了。

「不是那種使咒術用的，該怎麼講，是更尋常，感覺好像是擺來保佑家裡平安，但後來變得有點恐怖……。」

「闔家平安……大黑天？」

「嗯嗯，感覺很類似。」

我心想，不是很類似，而是這尊根本就是大黑天。只是不曉得為什麼，我對於全面贊同她的看法保持慎重態度，要是海子在這裡，一定會直接拆我台，說你哪裡是什麼慎重，根本就只是不甘心被人家說中了而已。

「噢，那……先別管它，您有辦法繞過它繼續往前爬嗎？」

不用她說，我也只能這麼做。這位「大黑天」全身散發出了一種不許人接近自己半徑一公尺內的氣息，更別說摸了。噢不對，應該是兩公尺、三公尺內都生人勿近。

幸好越屋頂的窗戶上綁了條繩子，連結到了一根可以透過繩子操作開關的垂棍。我一發現了這點後馬上努力爬到那垂棍底下，握住它用力一拉──喀嗒喀嗒，手中傳來了一股抗力。沒辦法，那麼多年沒人動了，當然會拉不動。

我又使勁猛拉了兩三次，總算把那窗戶拉開。就在我一拉開的瞬間，某種沉滯積悶的什麼馬上好像潰堤一樣，呼──地往外竄，空氣就像是原本被什麼東西堵塞住的河川，又再度流動了起來。不對，應該說空氣「也」跟著流動起來了，伴隨著「沉滯積悶的什麼」，「空氣也」流動了起來，這麼說應該比較貼切。

「開了——！」

我朝下方喊。

「開了噢，我也感受得到，因為房間的空氣也流動了。」

底下傳來一句沉穩回應。

就只是這麼簡單的變化而已。但我那時候感覺自己好像變成了傳統故事裡頭達成了什麼豐功偉業的主角一樣。

前所未有的成就感——換句話說，也就是成為「主角」的感受吧，可以這麼說。後來我屢次回想起那次經驗，那種從未嘗過的「主角」感受。日後成為我珍愛之人的珠子有時候也會感慨良深地回憶起那時的情況說，你從那一次經驗後就蛻變了。

聽到珠子的聲音後，我恍神了好一會兒，不曉得是不是天空中有雲彩飄動，剛剛打開的窗外忽然射進了一抹陽光。我看見空中塵埃往窗外飄去，終於回了神。原本被關閉的內部開始與外部產生了連動，我心頭湧現一股連自己也沒想到的衝動，引得我沒多想就對下面喊——「不如把天花板也全拆了吧，我現在剛好可以從上面拆，您先去隔壁房間避一下吧，很危險。」

「您等一下，我先把火熄了。」

珠子小姐快手快腳熄掉了爐火，退去隔壁房間避難。我實際上拆的時候，只要一腳踩下剛剛拆掉的那兩片天花板片的隔壁那片，板片便會接連翻起，根本不用太用力。那種爽快感——也許應該稱為破壞的快感——甚至令人暈眩。

我把所有天花板片都踩下去，讓它們掉到地上後，爬下了摺疊梯。這時珠子小姐已經開始收拾那些掉下去的板片。

「我們先把它們全部搬去外面疊成一堆吧。」

「這我來弄好了，您掃一下地板吧？」

好，她點頭，走去走廊門櫃裡拿出了掃把等工具。在我沒注意到時，她已經除了打掃，連餐盤都幫我收拾好了。

之後我們兩人在通風變佳、採光變好的房間裡再次點燃了爐火，這之間，連一個小時都不到。

「哇哇哇，真是超展開耶！變了很多啊。」

我講話口吻變得像珠子小姐一樣，因為情緒還很高昂。我感覺好像有什麼新的流動正在發生。而我，雖然不知道那將會為我帶來什麼——不可掉以輕心——但我至少感覺到自己似乎有機會掙脫原先那個抑鬱寡歡的我。這一切都要感謝珠子小姐。我難得想直率地表達感謝，但因為不習慣，一開口舌頭就打結，而這麼一頓，她已經搶先說：「我看見這屋子慢慢變回原來的樣子，也好高興噢，讓我們一起努力吧，佐田先生。」

珠子小姐眼神如珠玉般閃著光芒，讓我稍稍覺得有點壓力。我昨晚聽她說她家的祖先好像跟這屋子有點淵源，但還是不知道她為什麼會對這屋子這麼有感情，全心奉獻一樣。搞不好那只是年輕女性的一時激動，我從工作調查的經驗上，已經知道這一類型的女人「宅」起來一點也不輸給男人，所以我必須知道她到底想對這屋子奉獻到什麼程度。

「昨天聽說您祖先跟這屋子好像有點緣份，說是有什麼『口述傳聞』嗎？」

「嗯？」

「您昨天不是說過嗎？說是什麼跟戀情有關係的口述？」

「噢——」

珠子小姐似乎想了起來，眼神專注起來。

「是我家曾、曾、曾姑婆的故事吧。」

「您昨天好像這麼說，說是您整個家族都知道。」

「是啊，以前我家曾、曾、曾姑婆是在這裡侍奉國家老夫人的下女，她主人——也就是國家老切腹的那一天早晨，上頭的人吩咐她去抓鯉魚。」

「抓戀情？」

是對人世還有什麼留戀嗎？我不禁覺得很驚訝。

「嗯，魚類的那個鯉。」

她好像察覺我會錯意了，很自然修正了過來。對噢，她好像說過是魚字旁的鯉，而且我也記得龜子好像說過什麼她肩膀上有尾鯉魚，雖然我完全沒興趣，但忘得一乾二淨還是我的錯。不過要叫我把這些跟正事無關的瑣事全部記在腦子裡也太超乎我腦子的處理能力了，但要是她指責說昨天她不是說過了嗎，我又會覺得不悅，所以她這麼不動聲色地修正很好，我喜歡，我應該要回應她的貼心。

「噢——魚字邊的那個？」

我一副想起來似地這麼強調。

「對呀，魚字邊的那個。」

她好像也鬆了口氣。

可是，為什麼是鯉魚呢？我心中又湧現疑問。她好像要回應我的疑問般說道：

「在以前徹底追求各種形式之美的武家社會裡，就連切腹——不，應該說正因為當時天下太平，武家人沒有展現武勇的機會，因此更加在意切腹的各種禮法細節。而在他們今生最後一道餐餚裡，必須有一道烤鯉魚，這就是這些切腹的禮法之一。」

「烤的嗎？」

「對呀，一般說到鯉魚料理，通常就是冰鎮鯉魚生魚片、味噌鯉魚醬湯或頂多做成鹹甜口味的鯉魚甘露煮，烤的被視為禁忌。因為在一般認知裡，烤鯉魚只有在切腹時才能端上桌。那時的人一看見菜色裡出現烤鯉魚，就知道主人的肚子要被切了，有這種默契。」

「可是為什麼是烤鯉魚跟切腹被搭在一起呢？」

我一問，原本講解得很順的珠子小姐忽然呃——地開始舌頭怠速。

「這我倒是從沒想過……，可能生魚片看起來太直接、味噌鯉魚醬湯跟甘露煮又太費工夫、太沾染俗世氣息了吧……」

「也對，烤鯉魚就很乾淨俐落。不過為什麼是鯉魚呢？鯛魚[19]的話太喜氣了嗎……？」

正百思不解，兩人同時喊了一句：

「砧板上的鯉魚！[20]」

兩人都笑了。被這樣笑，我看鯉魚跟切腹的人大概都會心情不好吧。

「噢對，我現在想了起來。砧板上的鯉魚這句話其實有典故呢，根據我家曾、曾、曾姑婆的說法，鯉魚是很有悟性、很讓人欽佩的魚，要殺鯉魚的時候，只要剖下兩片魚鱗貼在牠雙眼上，把牠放在砧板，拿著菜刀往魚腹這樣輕輕抹上三次，牠就會死心斷念，不再掙扎。」

我不禁覺得有點發寒，摸了摸自己肚子。

「我曾、曾、曾姑婆那時候剛去國家老的宅邸服侍，才十幾出頭歲，正確來講，應該算是跟在夫人身邊的侍女底下學習做事的下人，所以也是最年輕的一個。那時候，明明有專門負責廚務的人，卻忽然叫她去抓鯉魚回來烤。這一帶當時有很多河流沼澤，因為椿宿就是一個河流每次一氾濫，河道就跟著改變、宿場的位置也要跟著改的地方，所以水潭很多，很適合喜歡住在水潭裡的鯉魚。但要是叫一個小男生去抓也就算了，叫一個連青鱂魚也沒抓過的小女生去抓鯉魚，而且還連網子竹笊也不給她，實在很奇怪。」

「所以是……」

19. 鯛魚的發音與慶賀近似，因此喜事時會端出鯛魚。
20. 砧板上的鯉魚只能靜靜任人宰殺，與「俎上肉」同意。

「對，身旁大人們故意放她走的。等她抓了半天，全身都是泥卻連半尾鯉魚也抓不到，哭著跑回去的時候，一切都結束了。」

「哇……」

真難想像那時候那個小女生心裡受到的衝擊跟絕望。

「我昨天說我曾、曾、曾姑婆那時候料理了鯉魚，是因為要說明這段被吩咐抓魚來烤的過程太長了，所以我省略掉。聽說我曾、曾、曾姑婆晚年頭腦不清楚之後，也改口說她自己當年真的烤了鯉魚，一定是因為心中悔恨萬千吧。那時候她雖然年紀還小，可是已經進了武家服侍，而且古時候的人又被教育成要忠心耿耿，她那時候一心只想追隨主子而去，所以就仿效其他自盡的下女們拿了刀子往脖子上抹，可是抹得不夠深，沒死成，被救回來之後就一直繼續在這屋子裡服侍新的主人。」

「嗄？這個屋子？」

「對呀。她每次休假回老家時，就會跟侄子、侄女們講起這件事，最後一定會哀嘆居然沒能在緊要關頭把鯉魚獻給主子。她說，至少你們今後都絕對不要吃鯉魚、不該吃鯉魚，後來不能吃鯉魚就成了我們家的家訓，一路交代了下來。」

「哇……」

「不過交代是交代，我們長年以來一直搞不清楚這事件的背景舞台『武家屋邸』到底在哪裡。」

「原來如此。」

所以我們佐田家當年搬進了一個附了下女的大宅邸嗎？可是我祖先為什麼會這麼充滿包容力呢？雖然是下女，以現代的話來說就是一個得了創傷症候群的少女。一般人發生過那樣的事後，不是會想儘早離開傷心的場所？怎麼她還繼續待在這裡當下女？還是說我們佐田家挽留了她？肯定有什麼理由。但現在誰也無法講述這段歷史了，在珠子小姐家的口述傳聞裡，似乎也沒有這段細節（如果有，她肯定會全部講出來）。

「還好鯉魚也不是常見食材，要是交代我們別吃肉或別吃米的話可就麻煩了。」

的確，鯉魚再怎麼講也不是會出現在一般超市魚肉區的東西，至今為止，我吃過鯉魚的次數大概兩隻手就數得完。

「不過說起來，鯉魚當時應該算是很珍貴的蛋白質來源吧，尤其在山區鄉間。」

正想隨口問句鯉魚不曉得從什麼時候就開始存在了噢這樣的笨問題之前，聰慧的珠子小姐已經先談了起來。

「以前鯉魚一直被認為是從中國傳來的，但最近在繩紋時代的遺跡裡挖掘出了部分鯉魚骨頭後，從太古時期，日本就存在本土原生種鯉魚的這種說法成為最新的有力說法。目前日本列島上雖然只剩下少數地區還有原生魚種，但以前似乎很常見，數量非常多呢，這一帶恐怕也是這種情況吧。」

她滔滔不絕展現了在鯉魚方面的學養，我又問，原生種跟外來種有什麼不同呢？她終於被我這問題難倒了，唔——地歪了歪脖子，於是我換個問題。

「既然以前這一帶的河床不固定，到處都是沼澤，為什麼當時的人還要聚居在這種水災頻仍的地區呢？」

「因為洪水多的地區土地很肥沃，作物收成也好啊。」

「原來如此——」

我需要知道更多資料，更多關於這土地跟這房子的情報。

我拿起幾根小樹枝，加入火勢漸弱的地爐中，感覺火焰的燃燒方式都跟今天早晨的不一樣了，不曉得是不是我想太多。今天早上還沒把天花板跟越屋頂的窗戶打開前，火焰的燃燒方式是帶點濕氣的呼滋呼滋的聲音，而現在，我把小樹枝加進去之後，火焰發出了嗶剝嗶剝的乾淨悅耳聲響，輕快地往上竄，就連架在五德上的鐵瓶中也開始發出了咻咻聲。

「我來泡點茶吧？」

珠子小姐體貼地問。

「啊——，真不好意思，應該要我來泡的。」

「沒關係啦。」

珠子小姐一臉我自己來就好的樣子，走去了廚房。

她端著茶具回來時，我正想問她不回去上班沒關係嗎？忽然想起今天是假日。

「今天是假日吧，龜子師傅她們去了那裡，不曉得人會不會很多？」

「嗯，那裡的話，人可能很多喔。」

珠子小姐用摺起的抹布捏起了鐵瓶瓶蓋，拿著杓子把熱水舀起來倒入茶壺中，接著問道：

「佐田先生，您這一次怎麼會來呀？」

她的聲音稍微低啞，我忽然覺得心頭慌亂。

「呃……，我昨天沒說嗎？」

「沒有，我也沒問。因為昨天忽然看見屋主來了，一心忙著要把所有事情都跟您報告，也沒做好要仔細確認這件事情的準備。」

「那您現在準備好了嗎？」

「嗯，應該算準備好了吧。這疑問忽然湧上心頭。也不知道為什麼，但就是想問。這屋子雖然是您的，但您之前不是一直放著沒管嗎，怎麼會突然來了？」

唔，這該講到什麼程度才好呢？我不發一語，回想了來時狀況，問我自己到底為什麼會突然來這裡。我本來以為龜子跟我說的那些話是造成我來這裡的動機，但想一想……。

「因為我身體痛……」

一般人大概很難理解吧，但感覺如果是珠子小姐，也許她會懂。同時我也覺得好像不能跳過這點不提。

「痛……？」

「是呀。」

「之前講的三十肩嗎？」

「不只……，不過反正全部講出來也不能怎麼樣，所以就不提了。」

「真辛苦啊……」

我當下直覺嘆了好大一口氣，好像在回應她一樣，接著又覺得有些事情想要抒發出來，又再次嘆了一口大氣。

風兒吹過，地爐裡的火焰嗶剝得更響了。天花板上的越屋頂現在一定正往屋外升起了裊裊白煙吧。

「我覺得我人生好像一直在被什麼東西、什麼事情要求一樣，好像有個很任性的神，一直不斷地要求我，可是我又一直不知道祂到底想要我做什麼。那個神，大概也覺得我真的很沒用吧，感覺我一直不能滿足祂的期待，我很沮喪，但有時候也會覺得難道把我搞得這樣很混亂，很好玩嗎？」

「您說，『神』嗎？」

「『神』這個字可能有語病，也許是『命運』吧。」

連我自己也覺得我到底在說什麼，真受不了，我到底想透過這些抽象的感慨來表達些什麼？

珠子小姐「唔——」地輕輕皺起了眉頭——也不能怪她——沉思了起來，接著開口：「不好意思，我要對您的感受產生共感可能還需要多一點資料，當然我很想同理您的感受，也想積極地這麼做，能不能麻煩您把一切情況從最初開始，更具體的告訴我呢？」

這一次我深深吸了一口氣，接著為了做好心理準備又輕輕吐出了這口氣。這一次不是嘆氣，而是要開始一個重大任務前的心理準備。

接著我開始「具體」告訴她所有一切的事情。

從一開始關於我的名字、我跟海子還有其他親戚以及母親之間的關係、不安、疼痛問題，還有我在開始現在這份工作前發生過的種種、在假縫針灸院遇見了龜子之後的情況。我儘量按照時間順序交代自己的人生，有些地方珠子聽了不太理解，便會直率問我，而且她開始稱呼我「山幸彥先生」，畢竟其他出現的角色都是「佐田」，這樣區隔比較不會搞混吧。

大概把整個梗概說完了之後，我人已經半虛脫，楞楞又呆呆。珠子小姐靜默了半晌後說：

「山幸彥先生，您別看我這樣，其實我是個很有邏輯、很理性思考的人。」

「是……」

「這屋子就像我先前說過的那樣，分別經歷過了國家老的別邸年代、佐田家搬進來後的年代、龍子夫人租屋的年代。在這期間，發生過各式各樣的事，所以我們把這些事情稍微梳理一下吧。比方說，您的爺爺佐田藪彥先生，這是個很不可思議的人。首先是他給您還有您堂妹取了那麼特殊的名字，再來是過世後，現在卻跑出來要求您給稻荷神供奉炸豆皮。一般稻荷神社真的會供奉炸豆皮嗎？這點在專業性上，我有點疑問。然後是那位稻荷神。龜子師傅宣稱那原本是一隻小狐狸吧？」

「是啊，祂自己介紹說祂是一個很小很小的稻荷神。」

「那個神從什麼時候開始在這兒的？」

「好像……說是在搬來這屋子之前，就跟我們佐田家結下了緣份。」

「好，那我們把祂先放在一個名為『稻荷神』的檔案夾裡。」

「神話故事呢？關於海幸、山幸的。」

「先放進藪彥先生的檔案夾吧，畢竟這主題在藪彥先生之前還沒出現。」

「我的不安跟疼痛問題呢？」

「放進另一個檔案夾，第三個檔案夾。其實我覺得應該還有好幾個主題我們都還沒發現，但等龜子師傅回來後再請教她吧。現在我們先討論藪彥先生的，您把您所知道的關於他的所有事情都告訴我好嗎？」

「藪彥爺爺……」

我聽見自己下意識低吟，忽然間想到。

「藪彥的『藪』，會不會跟林藪幽狐的『藪』有什麼關係？」

「其實我也有點在意……，請問您知道藪彥這名字，當初為什麼會這樣取嗎？」

「我也不清楚，好像在我爺爺上頭還有一個哥哥，他出生前就已經夭折了。那位哥哥的名字叫做道彥。」

「幾歲夭折的？」

「說是在他出生之前。」

「咦，可是您說出生之前，是藪彥先生出生之前吧？我想請教的是他哥哥是在幾歲夭折的呢？」

「兩個都是在出生之前哪。」

「兩個都是出生之前？所以他哥哥是流產流掉的？」

「好像是。」

「那很罕見呢，一般流產的話，還會給小孩子取名字嗎？頂多只會取個戒名，不是嗎？」

「有道理……您說得對……。」

的確，在我們家裡一直有個印象是「道彥是個很優秀的孩子」，可是我們為什麼會有這種印象呢？至少我從沒聽過任何關於他的優秀表現或具體的過往生活，廢話，因為他還沒出生就死了啊。

兄弟們

連出生都沒出生，卻被當成好像曾經活得非常活躍的這種關於道彥的印象究竟是怎麼來的？也許只是我家沒人提過，其實叔叔家的人知道？所以我打算問一下海子。

「麻煩您等一下，我連絡一下我堂妹。」

珠子小姐靜靜點頭。我從擺在角落的包包中取出行動電話，打了個電話給海子，反正她現在正在「療養」，肯定很閒吧，不然就是正在做什麼莫名其妙的治療。其實想想，她跟我完全不一樣，很早就有了當事人的自覺，卯足全力企圖擺脫這種荒唐無理的命運，打著一場連對手都不知道是誰的苦戰。電話響了幾次後，轉入語音留言，我正在猶豫到底該不該留言還是等她回撥之間忽然聽見「嗶」的一聲，我這人正直的天性令我的喉嚨自動反應了起來。

「喂，我是山彥。如果妳知道什麼關於藪彥爺爺的哥哥道彥爺爺的事，麻煩妳跟我說。」

我快口低聲講完後掛斷電話。明明已經掛掉了，珠子小姐依然壓低聲音，似乎擔心會被電話另一頭聽見。

「您堂妹是……」

「我父親的弟弟——小次郎的女兒，也是我父親那邊唯一的堂兄妹。」

「您父親的弟弟……，您父親的兄弟姊妹只有那一位嗎？」

「是啊。」

「這樣啊……」

珠子小姐沉默了半晌。

「那個……」

「嗯？」

「如果我想錯了，請您不要介意。」

「不會、不會，您請說，不要客氣。」

「感覺兄弟好像很多耶。」

「沒有呀，怎麼會？」

「哦，不是，我是說好像有很多只有『哥哥跟弟弟』這種只有兩兄弟的情況。」

她這麼一說，我不禁陷入沉思。我父親宗太郎跟海子的父親小次郎、道彥與藪彥、他們的父親豐彥跟我不知道名字——可能聽過但也許不記得了的那位弟弟。那位弟弟應該就是龍子夫人的父親。

「原來如此，的確就我所知，到我這一代為止都是這種情況，不過到了我們這一代就斷了。」

「結果反而把您兩兄妹取了一對兄弟的名字噢。」

嗯？我不禁怔怔看著她。

「您的意思是？」

「山幸彥跟海幸彥。這名字可能不只是藪彥先生一時興起亂取的喔。」

我當下肯定是意外得連眼睛都忘了要眨了，直到那一刻為止，我從來都認定那是爺爺亂開玩笑取的名字而已。

「所以如果不是亂取的，又是什麼情況呢？」

「嗯……，對了！」

珠子小姐似乎突然想起了什麼，眼睛揪著空中某一點看。

「以前在這房子裡發生的慘劇，就是因為兄弟鬩牆而起的啊。」

這是昨晚珠子小姐跟我提過的那椿慘案。這屋子的前任屋主因為被捲入了藩主與同父異母兄弟之間的權勢鬥爭而搞到一門盡亡。我又開始覺得背脊有點抽搐，這不曉得是從昨天起的第幾次了，但我也不曉得這是不是適合現在這情況的反應。畢竟每一代都只有兩個兄弟的情況並不罕見（至少我覺得），而且那對藩主兄弟跟我們家一點血緣關係也沒有，根本沒什麼好怕的。但不曉得是不是因為珠子小姐那麼說，我開始覺得其中好像隱隱約約存在了什麼「模式」，甚至有什麼存在正在試圖使這種模式延續下來。

「我們暫時先把『藪彥先生的檔案夾』命名為『兄弟相爭的檔案夾』吧？」

珠子小姐的聲音聽起來比剛剛低沉了一點，我有點猶豫地說「好啊，先這樣」。但是「兄弟相爭」？有辦法這麼簡單斷定嗎？我父親跟叔叔的感情的確不太好，藪彥跟道彥之間好像也有點複雜（雖然是藪彥單方面）。至於豐彥跟他弟弟，我就不可能知道了。我跟海子……至少我心中沒什麼特別的糾葛，像這樣或多或少的「關係不睦」，世上所在多有，硬是跟藩主兄弟之爭連結在一起會不會太牽強了呢？但要是珠子小姐想這樣分類，就先這樣分類吧。

「珠子小姐，所以您是說這名字不只是藪彥爺爺臨時想到的嗎？」

「嗯，我覺得應該不是。」

「所以說，譬如什麼情況？」

「譬如……唔……譬如嗎……？我也還不是很清楚，可能還要有多一點線索冒出來才可以。」

多一點線索冒出來？什麼意思？我正對她的用詞遣字有點在意時，不曉得何時有車子開了進來，等聽到聲音時，已經停在家門口前。

「我們回來了——！」

龍子夫人與龜子興高采烈地打開門走進來。一進門，馬上視線就停留在拆掉了天花板的天井上，連語尾聲音都變輕了，目瞪口呆地直直盯著屋頂底下的樑架看著。

「咦，這……」

「哇哇哇——」

龍子夫人臉上沒有笑容，但龜子看起來好像很愉快。

「妳來了啊，天花板……」

「是啊，我來打擾。剛才跟山彥先生聊著聊著，覺得既然地爐都重新打開來使用了，不讓越屋頂重見天日的話，機能上像有點不合理，所以就變成這樣了。」

珠子小姐泰然自若地說。畢竟我才是這屋子的主人，只要我說好，就沒什麼不好，可是我不曉得為什麼又接在她後面補了句：

「這樣煙霧比較不會那麼嗆，空氣也流通多了……」

像是在找藉口討好龍子夫人似地。

「噢，這倒也是……」

她垂下眼睛，彷彿在試圖說服自己似地點點頭，接著等她再度輕快地抬起頭來時，已然一派雲淡風輕，好像是接受了現況，但感覺人有點疏離，好像是縮水了一樣，之後我們待在那屋裡的那段時間，她一直給我這種印象。也許她本能覺悟到了她之於那個家的統治始於搭建天花板，而當天花板被拆掉，她的統治也隨之結束。龜子則好像還是很在意那天井狀況，眼睛不時飄過去。

「大刀闊斧呀，這真的是！厲害、厲害！」

接著一陣令人悵然的沉默流過。

「溫泉怎麼樣了？」

珠子一問，這兩人好像忽然被啟動了開關一樣，連忙脫掉鞋子，走來地爐旁坐下。

「以前跟我兒子很熟的這附近鄰居，剛好他們一家人也去了水療館。我跟他媽媽也很熟，在溫泉池子裡忽然留意到，說真巧啊！兩個人就聊了起來。」

感覺好像情景就在眼前一樣。

「這都多虧了龜子師傅。」

說著跟龜子點了點頭，又接過了珠子遞去的茶，又點了個頭。龜子一副高深地說沒什麼啦，但去泡溫泉遇見熟人又不是什麼奇怪的事，不見得是龜子在暗地幫忙，怎麼這龍子夫人好像已經變成了龜子的信徒呢？龜子是我帶去的，我覺得心情有點複雜。接著龍子夫人又喝了口茶說，「然後啊——」。

「真嚇了我一跳，他朋友的媽媽說知道宙彥的下落。」

龍子夫人再度與龜子四目相接，兩人又互相點了個頭。

「哇噢——！」

珠子小姐剛才聽我說過宙彥的事，所以馬上出聲反應，這使得龍子夫人似乎立刻就發現我——山彥居然把她長子失蹤的這種只有身邊人才會知道的內情透露給了珠子小姐。她默默看了珠子小姐一眼，又以比先前更加疏離的眼神看了我一眼，接著深呼吸了一口氣，一副算了算了的樣子開始坦白——

「我們從這裡搬走後，宙彥好像還有跟他朋友連絡，聽說現在就在他朋友的公司上班。」

「就在這麼近的地方？」

「是啊。」

「那為什麼不跟家人連絡呢？」

「我也不曉得。」

「您馬上跟他連絡了嗎？」

「為什麼我要跟他連絡？」

龍子夫人一副很不滿的樣子。

「他肯定是有什麼事情才不跟我們連絡吧，既然這樣，我怎麼好意思去吵他？」

「您在生氣嗎？」

「我怎麼會不氣？我自己的兒子，也未免太不負責任了，而且還是知道老婆懷孕之後才離家出走。」

宙幸彥……。如果按照剛才珠子小姐推測的，我跟海子被取名為山幸彥跟海幸彥是因為被比擬成一對兄弟，那麼這位宙幸彥的存在就是我們的第三個兄弟了。至今為止的兄弟體系內所不存在的第三個。雖然我也不是相信剛才珠子小姐臨時想到的那什麼「模式」，但我也很驚訝自己居然漠然地開始這樣思考。我心想得趕快轉換想法，於是換了一下提問方向。

「他那位朋友的公司是……？」

「說是叫什麼名字來著。他朋友去上班的那家公司，好像是間開發調查研究所還是什麼地質顧問之類的，以前我們還住在這裡時，聽過他家小孩去了那樣的公司上班，只是為什麼……」

龍子夫人嘆了口氣。

「是一家進行防洪治水調查的民間綜合建設股份有限公司吧？」

珠子小姐這麼確認。

「是啊，好像是，還做了河川的護岸工程等等的。」

「是一家常在縣府裡現在正在推動水庫工程計畫的工務處出入的公司。」

珠子小姐這麼補充完後，龍子夫人也說：

「是啊，應該就是把我們家前面那棵糙葉樹砍掉，填起了河川的那一家。怎麼會去那種公司上班呢？那時候明明他受到的打擊最大，我真是想不透這孩子！他該不會是不敢跟我們講，只好離家出走吧？就那麼想進那家公司嗎？我真不敢相信！」

龍子夫人搖頭嘆氣。的確是很難理解，可是我總覺得只要把這謎底解開，大概就能知道到底發生了什麼。

咻呼——。忽然間拂過一陣不算是風，但撼動了空氣也搖晃了地爐火焰的氣流。

「空氣流動了耶。」

龜子跟龍子夫人抬頭看著上面的越屋頂。

「是啊，那上頭本來就綁了繩子，可以控制開闔，現在我稍微打開了一點縫。乾脆把那繩子弄長一點，讓它垂到底下吧，這樣就能從下面直接開關了。」

「哇，是山彥先生弄的啊？」

龜子好像對我刮目相看了起來。

「是啊，我剛爬上去弄的，其實有點心驚膽跳。」

我沒說是珠子小姐先把天花板片移開。

「龍子夫人，您搭了天花板之後就沒有人再上去過了吧？差不多有半世紀之久了呢。」

「唔，差不多只有四十年吧。是啊，那之後就……咦，不對，泰子說，宙彥在搬家之前曾經把天花板片移開，爬上去過一次。」

「是嗎？為什麼？」

「我也不曉得……。那時候心想大概是在這房子住了那麼久了，想要跟房子好好告別吧。那孩子畢竟有點麻煩，可能有什麼他自己才知道的理由。」

「類似儀式一樣？」

「對、對。」

真是個多愁善感的人，可是我覺得可以體會。

「是那樣子的孩子啊？」

「是啊，很多愁善感，以前嚇死了，對那天花板上面。」

「為什麼？」

「因為這一帶的房子以前都有日本錦蛇啊，跑來跑去追老鼠呢。」

我腦中忽然浮現出日本錦蛇以完美跑姿奔跑的模樣，但那是不可能的事，我這個人的性格馬上就拋開了那種妄想，確認了一次。

「日本錦蛇應該是用『爬』的到處追老鼠吧？」

「是啊，而且那聲音哪……」

龜子聽了用力點頭，

「以前常有，人家說屋裡住了日本錦蛇會招福。」

「是啊，我以前也常聽鄰居們這麼說。可是這房子啊沒有，很奇怪，雖然明明看起來就是個會有錦蛇的房子。我聽藪彥堂舅的父親說，因為我們家有稻荷神保佑。那時候這邊還沒搭天花板，但榻榻米房那裡有，我心想沒有錦蛇跑出來真是太好了，因為有時候會聽見天花板上傳來窸窸窣窣的聲音……。我也聽說過龜子師傅剛剛那講法，所以一方面雖然覺得慶幸，一方面也覺得有點奇怪。」

這麼歷史悠久的房子，而且附近鄰居家又常有錦蛇出沒，這現象的確是有點古怪，她應該是這麼覺得吧。

「小孩子照理講不會留意到這些事情，但那孩子很奇怪，一聽見天花板上傳來什麼聲音馬上怕得要命。」

「會有聲音哪？」

「有啊，而且這房子這麼老了，多少總是會有些地方鬆脫或唧唧呀呀的聲音。」

「所以他嚇到的樣子很嚴重嗎？」

「是啊，渾身發抖呢。所以我才會訝異他居然會爬到那上面去，雖然已經那麼大個人了都結婚了，可是肯定是被狐狸附身了吧。」

不過至少我現在知道那上面沒蛇，等一下要爬上去安心多了。真是個好消息。我說好吧，那我上去弄了，便站起來迅速架好摺疊梯爬上去。這一次我儘量避開大黑天的方向，直接往越屋頂下方前進。我把剛才纏在一個鉤狀物上面的繩子解開（也關了窗戶），再把繩子尾端的長棍拿掉，先暫時綁上一條塑膠繩並把塑膠繩另一頭輕輕往下面丟，龍子夫人在下頭接住。我一看她接住，便又小心翼翼地爬下去。

「以後天氣冷了或是要關門窗的時候，只要把那關起來就可以了。一直開著，萬一有蝙蝠跑進來亂晴就糟糕。」
龍子夫人拉著那條繩子的尾巴又拉又鬆的，一邊尋找有沒有什麼地方可以暫時把它繫住。
「最近還有浣熊跟白鼻心呢，也很活躍唷。」
珠子小姐無奈地說。
「有一些文化財等級的住宅都被破壞了，好像是從屋頂溜進去的。這麼一想的話，這屋子居然好好沒事，真不可思議。」
她剛講完，從剛才就莫名沉默的龜子忽然大聲說道：
「才沒什麼不可思議。」
聲音很用力。
「正如同藪彥先生的父親豐彥先生說的一樣，這屋子有稻荷神保佑，即便只是個小小的稻荷神。」
又在強調這點了。
我看話題愈來愈跟宙幸彥沒關係，刻意把話題兜回去。
「不過我們既然知道了他的下落，總不能不跟泰子太太說吧？」
「唔……，是啊。」

「這麼一來，泰子太太就會跟他連絡吧？」
「唔，可能會，也可能不會，跟我一樣。」
「是在生氣嗎？」
「不是，她是真的很在乎那個孩子，所以搞不好會想尊重他的意志，刻意不去找他。」
「宙幸彥先生的……意志？」
這樣不就什麼都沒進度，依然停滯不前了嗎？我不禁焦慮起來，畢竟都來了這裡了，想要看見一點成果。
「我可以主動跟宙幸彥先生連絡嗎？」
剛講完，龍子夫人馬上愣愣地看著我，連眼睛都忘了要眨。
天井中又流入空氣，火焰一時熾烈搖晃，啪滋啪滋地微微迸裂。龍子夫人目光垂了下來，拿著火筷子攪動樹枝說：
「我當然希望你不要跟他連絡，但我也不能阻止你……」
聲音乾啞，像是在說給自己聽一樣。
我看著她那樣子，漠然考慮她到底有多希望我不要跟宙幸彥連絡。她說起來也不是討厭她兒子，而是氣他離家出走，一點也不考慮家人的感受（至少看起來不像有考慮）。我想這推論應該沒錯。接下來那句「不要跟他連絡」，如果解釋為是愛子心切的氣話，其實她心底根本恨不得馬上就去看他，這樣的推論也太武斷了，不過是站在傳統親情模式上的偏見。我無法了解她的心思，就算我了解，我也不見得得照她的意思行動。我心裡這麼想，這時候忽然想到如果是我母親的話呢？她會怎麼做？如果兒子忽然不見了也不跟她連絡，還不幸被她發現了行蹤的話她會怎麼樣？疑問忽然浮上心頭，但浮上的那一瞬間我馬上就對過往烏雲般的種種回憶感到畏怯。不不不，現在不能想這個，我要想的是去跟宙幸彥連絡的事，我趕緊再把意識集中在這問題上。

「緒方小姐，您知道那間公司的連絡方式吧？」

我向珠子小姐這麼確認。

「嗯，去縣政府的話就會知道，否則現在也可以馬上打去查號台詢問。」

珠子小姐有點顧慮龍子夫人的心情，但還是指了指應該裝有行動電話的包包這麼說。

「不必那麼麻煩，我已經問好他公司宿舍的電話了。」

從剛剛就一直沒說話的龜子此時一臉志得意滿，一副哼哼！該我出場了的表情，聲音沉靜地開始分析起來。

「以前的房東山彥先生突然打電話去的話太突然了，可能會讓他不知所措，不如由我以宙幸彥母親——龍子夫人的朋友身分來打這通電話比較妥當。」

她提出這建議，我有點意外。

「但妳要跟他說什麼呢？」

「什麼說什麼？我就照說啊，照著順序說。我先說我是他母親的朋友，跟他母親一起去泡溫泉的時候湊巧碰到了他朋友的母親，知道了他現在的下落。他可能會嚇一跳吧，但應該不會起疑。他對於家人正在找自己的這件事應該會於心有愧——雖然沒在找。等他接受了我的講法，放下戒心之後，我再老實告訴他其實我是陪著山彥先生一起來的，後來才跟龍子夫人交上了朋友，而山彥先生現在正好有點事，想要多了解一下自己祖先老家的情形，不知道是不是方便跟他直接連絡？我就這樣講。」

完美！其實。我直接打電話過去的話，以我這種講話方式——照海子的說法就是硬邦邦——可能會讓他起反感而進一步抗拒。

「那就拜託妳了。」

龜子深深點頭，接著對龍子夫人說：

「妳可能會覺得不太舒服，但現在也差不多是時候了，就算是為了即將出世的孫子著想，總不能一直這樣膠著下去呀。」

龍子夫人眼睛巴巴眨著沒說什麼，一會兒後，終於輕輕點了頭。「那麼，」龜子站起來，「我去後面打。」

說完便拿著手機拖著腳步走去了後頭。龍子夫人面無表情了半晌之後，忽然灑脫地把頭一抬（那動作就跟她看見天花板已經被我拆掉，還有發現珠子小姐已經知道她兒子失蹤的時候所出現的舉動一樣，大概是這個人的習慣動作之一吧）。

「我買了這邊有名的蕎麥麵回來了。難得嘛，想讓山彥也嚐嚐。也有緒方小姐的份喔，我有多買。」

珠子小姐聽了像小孩子一樣嘩——地歡呼了起來。

「是杜父魚蕎麥麵吧——？」

「是啊，剛好我們在水療館的大廳看見那兒在賣。」

「那東西不是隨時都買得到耶，哇，太好運了～」

她講話那口氣，已經完全把自己當成了龍子夫人的熟人。太好運了耶我們——！像這樣。

說起來，我跟龍子夫人還有緒方小姐都是昨天才認識的，但感覺已經完全習慣了她們各自的性情。

「冬天就是應該把身子吃得暖暖的，剛好地爐也整理了出來。」

「太讚了！」

「杜父魚蕎麥麵是……」

我怯生生地從旁插嘴。

「是用杜父魚乾煮成高湯所做的蕎麥麵。這一帶有很多椿川的支流——本出川也是——所以以前常抓得到杜父魚呢。」

「冬天時會把杜父魚掛在屋簷底下曬成乾，用那煮成高湯。」

「可是杜父魚不是瀕臨滅絕的魚種嗎？」

我聽說杜父魚只棲息在清澈的河裡，滅絕的情況比紅點鮭跟櫻花鉤吻鮭還要嚴重。

「是啊，所以有一段時間還被捧得像是夢幻鄉土料理一樣。不過椿川這裡本來就有養殖溪魚，所以也試著養了杜父魚。屢試屢敗之後，現在量雖然不多，終於可以稍微商品化了。」

不曉得是工作上也必須了解在地產業，還是她本身天性就是什麼都想知道的好奇寶寶，珠子小姐對於杜父魚的情況也很清楚。

「像這樣隨便就能在外頭買到，還是我們搬走後的事呢，而且我剛一看，覺得好懷念。」

「先用湯鍋煮水吧。蕎麥麵要另外煮嗎？我們家是分開煮耶。」

「我看不用了，要是有加鹼水，當然另外煮比較好，但這現打的麵。湯鍋煮好料之後，我看就直接下麵吧，本來就是這樣吃的。」

取得了主導權後，龍子似乎找回了自己。我也在一旁湊熱鬧，拿起裝了杜父魚乾的小包裝出聲讀起了說明書。

「請浸泡於水中一晚再用。急用時，請以木槌等物品打成碎末後再裝入略大的濾袋中煮成高湯……。唔，沒辦法等上一晚哪。」

「我也沒那麼做過，所以剛回來的路上就順手買了煮湯用的濾袋了。」

龍子夫人從購物袋裡把濾袋跟蔥呀、香菇等等的一起拿出來。

「沒有木槌耶，用毛巾把鐵鎚包起來打也一樣吧？」

兩人邊站著討論邊準備，這時從龜子走去的後頭那兒傳來斷斷續續的說話聲，我忍不住打開耳朵，但完全聽不清楚。一回神，龍子夫人也已經停下動作，珠子小姐則顧慮地壓低音量。

「電話撥通了嗎……？」

三個人就這麼窺探著後頭情況窺探了一陣子，但感覺好像還要再講一陣子，於是又默默做起了手邊事。先把乾柴般的杜父魚乾就留在塑膠袋裡，直接用鐵鎚敲碎，接著裝入煮湯用的濾袋中，在鐵鍋裡加水把濾袋放進去，等水滾後，再把蔥跟其他食材加進，也倒入醬油跟其他調味料。再來就是等龜子回來後，把蕎麥麵放進去就可以吃了。可是龜子的電話遲遲沒講完。

我們三人圍坐在地爐旁，我想讓龍子夫人的心情舒緩一下。

「用杜父魚煮的高湯很罕見噢。」

「因為河裡的杜父魚沒什麼肉，不像海裡抓的比較大尾，可以拿來當火鍋料。」

「不過可以拿來煮高湯，就表示以前抓得到很多杜父魚嘍？」

珠子小姐聽了用力點頭，

「對呀，杜父魚的情況跟我之前提過的鯉魚有點像。牠們不像紅點鮭或櫻花鉤吻鮭可以在其他水域生存，結果被釣魚迷隨便放流而搞得基因亂七八糟。杜父魚只會固定生活在同一條河裡，只有那條河有那一群固有的魚群，對於水溫等等的很敏感，後來加上興建水庫等等原因，它們無法溯流而上，數量更少了。還好椿川時常氾濫，河道變來變去的，所以這裡的杜父魚也獲得了某種程度上的環境適應力。聽說就是因為有這幾種因素剛好配合在一起，這裡的杜父魚才能養殖成功。不過數量還沒辦法銷往全國各地啦。」

「我也聽說只有這裡才買得到呢，我們那裡雖然也是同一個縣內，但根本沒看見過。這次都多虧了山彥，帶著我來，真是太好了。」

「哪裡的話，是您帶著我們來的。」

「但沒什麼事的話我也不會特別來嘛，是因為你，但你那椿要解決的問題……」
「那椿要解決的問題……」
其實已經逐漸解決了。
「我也不曉得怎麼回事，但來了這裡之後，我的手就不疼了。」
「太好了！」
「真是太好了！」
兩人聽我這麼一說，臉色發亮，可是我自己卻覺得心底不太清爽，因為我完全不知道我的身體為什麼不痛了。應該說，為什麼當初疼痛會出現，而且還一直出現？難道這一切真的跟椿宿有關？只要我還沒搞清楚，整個人就像是一片枯葉，一旦暴風吹起，我又只有被翻騰的份，根本不曉得該怎麼應付。
就這麼胡思亂想之間，龜子以她獨特的像是拖著腳步走路的方式趿著足音回來了。
「噯呀呀，一講就講了這麼久。」
她朝著可能因為太緊張而瞪大了眼睛的龍子夫人說。
「宙彥先生的聲音聽起來很有精神喔。」
聽見她這句話，龍子夫人明顯鬆了一口氣，吁——了一聲，但隨即好像意識到自己不小心流露出了心底情緒似地又趕緊說了一句，像是要把那聲嘆息給揮開。

「那個人真是的！噢？」

「所以呢？」

我催促龜子繼續講下去，龜子則一副「別急別急，我知道啦～」的神情悠緩緩點了個頭：

「宙彥先生好像也有話想跟你說。他說剛好不太好意思去打擾你，不過他希望能透過寫信的方式，不用直接碰面。他說有些東西想給你看，寫信的話，他比較能整理好自己的思緒。」

這次換我嘆息了。寫信嗎？也好，這樣的確可能比較好。我先看看他怎麼說，看完之後，想問的事情應該也就清楚了。

「我也順便問了他這房子的事，他說的確在搬家前一天，爬上了天花板上的夾層。」

我們幾個人傻傻地一直盯著她看，她好像也習慣碰到這種情況了，說聲「至於為什麼會說到這件事」，接著喝了一口茶。

「我跟他說，昨天跟他母親還有山彥一起待在這屋子裡過夜，還有天花板被拿掉的事，於是他就跟我說了他在搬家之前，也曾經爬上去過一次。這件事，他應該會在信裡跟你說明吧。他小時候，好像跟一些調皮搗蛋的朋友一起爬到天花板上去探險過。他說有一次，他跟朋友透露他家的天花板上好像有什麼東西，結果朋友就提議要試膽量。」

「居然有這種事，他居然沒跟父母親講。」

「嗯，大概是怕被罵吧。」

「結果呢？」

「他說三個朋友接連爬上去後，他也只好提心吊膽地跟著往上爬。結果就在他要爬上去的時候，聽見帶頭的朋友慘叫了一聲，大家慌張地問怎麼啦怎麼啦結果一下子全被傳染了恐懼，全都連滾帶爬地爬下來。下來之後問說怎麼回事，結果說是有個像是黑色福助的東西放在那裡。其中一個膽量比較大的孩子就說根本沒什麼嘛，只不過是福助，我還以為是蛇呢。不甘心，我要再上去看看，結果就又爬了上去。下來之後大家問他怎麼樣，他說是個人偶，不過旁邊放了一份看起來很像手記的東西，感覺那人偶好像在守護那手記一樣，所以自己並沒動那手記，就下來了。小孩子好像也感覺得到那東西很重要。宙彥先生說，他之後一直把這件事放在心上，打算萬一有一天房子淹水要被拆除，他一定要把這份手記帶出來。」

「所以他就帶走了吧？因為我上去的時候沒看到。」

「是啊，帶走了，還打開來讀了。」

「那裡頭寫了什麼呢？」

「這點，他應該也會在信上告訴你吧。」

我們三個人聽了，全嘆氣了。

我們這一次來的目的並不是要尋找宙彥，可是事情轉轉折折，最後還是得（經由龜子的口中）聽聽他的講法。

「噯，什麼味道好香哪～」

龜子瞇起眼睛瞧了瞧鍋子裡面。

「噢，就是那個蕎麥麵哪。我們在水療館買的那個，杜父魚。」

珠子小姐迅速拆掉了蕎麥麵的包裝袋，遞給龍子夫人，龍子夫人也嘩啦啦地非常熟練地把麵條下鍋。

「等麵煮一下吧。先拿碗筷。」

但……我抬頭看看那屋頂底下。

「那尊黑福助，還在喔。」

我聲音低啞，龍子夫人點點頭。

「應該是大黑天吧？小孩子看起來覺得是黑福助，其實那是灶神，本來應該要供在灶台上面的，不曉得為什麼會鎮座在這地爐上方。」

龜子說。

「大黑天，就是大國主神吧。」

大國主……。

「那個因幡的白兔的？」

「是啊。」

「我記得大國主的確是兄弟裡頭最小的一個，被一堆哥哥欺負到不得不逃到了根之國……是吧？」

我忍不住跟珠子小姐你看看我、我看看你。又是弟弟，兩個主角之一。不過這一次是被欺侮的一方。

「對呀，被用滾燙的石頭殺死，又被夾進大樹裡差點被夾死，但每一次都重生。他根本也沒對抗，只是一直被殺而已。後來周遭人看不下去建議他去根之國，到了那裡以後又被須左之男整得很慘，一下子被踩、一下子被踹……」

對呀，說起來比山幸彥跟海幸彥的故事更為殘酷。

可是為什麼這些故事，全都是單方面被欺侮得很慘呢？我望著地爐的爐火，這麼思考，這時大家的話題似乎又回到了杜父魚上。我心想這問題反正怎麼想也沒有答案，而且一早起來就忙東忙西，已經疲憊不堪，再加上焐著暖烘烘的地爐，人開始有點昏昏欲睡。

「……所以光是這樣，我們就堅決反對興建水庫。河川的生態系不能再被繼續破壞下去了，那影響到的，也不只是河川而已。」

我只清楚聽見珠子小姐正在憤慨激昂，一回神，眼前遞來了一碗蕎麥麵。

「吃吧吃吧！不知道合不合你的胃口。」

「啊，謝謝。」

能吃到這種熱騰騰的食物真是太感動了，味道比我想像的還要清爽，裡頭加的香菇反而展現了更強的存在感。

「雖然是川魚，可是沒有腥味耶，香菇也好清甜。」

「習慣柴魚湯底的人可能會覺得太清淡，但這一味就是要加這個，否則就全都不一樣了。」

「味道很乾淨呢，香菇吃起來就很香菇、青蔥吃起來就很青蔥。」

的確是這樣。龜子在一旁吃得連聲讚嘆，感覺她很快就會要求再來一碗。

「這香菇是去哪裡買的呢？」

「去水療館的路上。有個三叉口會轉向山徑，就在那路口上有個像搭了棚子一樣的小店。」

「噢～，有、有。」

「那家店的人每次都會去山裡摘一些香菇跟山菜之類的食材來賣。」

「但那裡感覺好像很深不可測，我每次都不太敢……」
「我也是，可是剛瞄了一眼，這不是擺了看起來好好吃的冬季扇菇嘛。」
「冬季扇菇？」
「是啊，很容易跟同樣成群長在樹幹上、帶毒的日本臍菇搞混，但行家一看就分辨得出。」
「很好吃呢。」
「我個人比較喜歡這個，這味道比滑菇清雅，所以剛一看到就忍不住買了。」
「為什麼說那邊深不可測啊？」
我有點好奇剛才珠子小姐對於那裡的形容，結果這麼一問，珠子小姐與龍子夫人互望了一眼，難得珠子小姐講起話來會吞吞吐吐。
「該怎麼講……就是那些專門賣山產海產、珍禽野味的啦。」
我一下錯覺有人在我旁邊叫了我的名字，忽然嚇了一跳。
「說是店，其實就是隨便搭個檯子，擺些香菇、山菜跟栗子、木天蓼之類的，有時候還會在檯子旁的空地上，養一整個家族的綠雉或是讓小野豬在那兒玩……。」
「哇……」
這樣子的話，她怎麼可能會不感興趣呢？我眼神中可能透露出這樣的疑惑吧，珠子小姐又跟我解釋。

「外頭雖然沒有大剌剌地擺出來，但感覺要是跟他們講的話，他們也會從後頭拿出什麼禁捕的鳥類，還什麼獸肉來。我要是知道了實情，想也知道會變得很複雜……，我畢竟是教育委員會的公務員啊。不過我也覺得那些人如果消失的話好像也不太對，總之……，我對那裡的感覺很複雜啦。」

講完後勻了一口氣，

「但是這冬季扇菇真的很好吃耶。」

轉眼間又放下複雜心緒喝起湯了。

被阻塞的河川

「來都來了，乾脆把外面掃一掃好了。」

龍子夫人自言自語地嘀咕了這麼一句後站了起來，走下台階。

「我也一起掃吧。」

我也跟了上去。龍子夫人一走出玄關後停下腳步，對著院子好像在考慮要從哪裡掃起，但看起來又好像正在傷感。

「本來還打算假裝沒看見……」

好！她輕輕振作起精神，又朝我點了個頭，就從傻愣愣站在門口把門開著的我身旁擠了過去，走回屋內。看來她剛才既不是在考慮要從哪掃起，也沒沉浸在感傷中。接著，就看她拿了個籃子出來。

「今天把那些金棗都煮成甘露煮好了。」

她筆直走去的前方，有一棵結實纍纍的金棗樹。

「您要煮成甘露煮嗎？」

「是啊，不用去澀，直接煮。以前藪彥堂舅也很喜歡這滋味，你不介意的話就帶點回去吧。」

要叫我帶回去供在靈前嗎？對了，不回去也不行了。先前漠然擱在心頭上的什麼，被龍子夫人那句「帶點回去吧」給挑了上來。該回去了，不回去不行了——感覺她好像也在這樣催我。是啊，昨天我們臨時搭了她的車過來，她也不能一出門就好幾天，獨自被留在家裡的泰子太太也快臨盆了。

當初決定要來這裡的時候，還沒有半點頭緒將會迎來怎樣的情況，不得已的話，為免萬一，我也在去外婆家前就先請好了假，可以多留幾天。可是事情實在進展得太快，連眼睛都還來不及眨就已經一樁又一樁地出現——回想起來，龜子事先計算好的去「糙葉樹」咖啡店這件事帶來了重大轉機——連一時擔心的要怎麼與宙彥連絡的事情也解決了，至於老家問題，雖然還沒全部釐清，似乎也清楚了一點，總比一剛開始什麼都一頭霧水來得好。這已經很令人滿意了，不是嗎？我之所以能這樣思考，都是因為這一身疼痛問題已經逐漸遠去。沉睡的孩子就不要叫醒它吧，我只想悄悄閃遠，畢竟我這個人本來就不像海子，不喜歡牽扯麻煩事。這是我的真心話，而且，我也想趕快回去來日無多的外婆身邊。

只是為什麼我會覺得心頭上好像牽掛著什麼呢？

這時珠子小姐走了出來，聲音開朗得要命，

「我可以幫忙嗎？我最喜歡摘金棗了。」

說著便跟龍子夫人一起摘起了金棗。

「山彥先生，您要不要去這外面走走看看，趁回去之前。」

就連她也這樣催我，讓我心底有點小受傷。

「好啊，那我出去逛逛。」

我往門外走。

不曉得為什麼，大家好像都覺得我今天就會回去的樣子，是龜子在後面說了什麼嗎？珠子小姐對於我要回家了，難道一點也覺得無所謂嗎？

門外道路的確有一部分路面看起來顏色不同，像是拼湊的地方，那應該就是原本舊水路之處。不曉得從前那棵大糙葉樹的位置在哪裡，我心想，留神一看，發現路旁有個像是切掉的樹幹所留下來的木質部突起在那兒。是那棵大糙葉樹的痕跡嗎……？應該是吧。在和煦的冬陽照射下樹段已經乾透了，如果用人來比喻，大概就像已經化成了木乃伊了吧。不過沒有濕氣的感覺反而透露著一股清潔感。這條路也不曉得是不是就一直順著水路走，一路蜿蜒往前，一點也看不到筆直的線條。水路被掩起的部分，跟原本就順著水路鋪設的道路現在被併在了一起，成為一條可容車行的巷道。我試著邊走邊體會腳下存在的舊水路痕跡，左手邊有一排散發出古老昭和氣息的舊民宅，曾祖父豐彥的時代不曉得是不是就是那種感覺，還是更舊呢？現在這種氣氛已經很閒適了，彷彿那些房子剛蓋好時的氣息還漂流在這一帶的空氣中。裝了霧面玻璃的拉門、稍多的碎石子路、不曉得是不是排放生活廢水用的約十五公分寬的窄溝……。另一側，則是成排看來廉價的在整理好的區塊土地上蓋好的新成屋。這一區，大概是水路被掩埋之後才形成的新區域吧？可能是把原本的林藪野地整理一下後開拓出來的。

我走啊走，走到了一條新馬路，是條筆直的道路。「水路痕跡」忽然在這兒斷掉了。我懷疑水路是不是在這裡匯流到原本的大河，但左看右看，就是沒看見看起來像是舊河流的痕跡。怎麼回事？難道說，這條暗渠就這樣一直往前下去嗎？這想法一在腦中蹦出的那瞬間，我忽然一陣頭暈目眩，整個人直接靠在了旁邊的電線杆上。這可不行，我要回家。於是又慢慢順著原路走回去。

「結果我也沒看到河就回家了。」

回家——這是我自己的房子，這個詞應該沒用錯吧，但一講出口，卻不禁感慨。回家後我跟她們說起，那時龍子跟珠子正坐在地爐旁剝掉金棗的棗頭。

「就是啊——」

珠子小姐聽了後，不怎麼起勁地點點頭。

「本出川明明是椿川的第一大支流，卻幾乎全都被蓋成了暗渠，很慘吧。」

是這樣啊……，聽了的確心頭苦澀。同時，從昨天起就沒感覺到的疼痛又忽然一口氣襲了上來，好像有一隻巨大的手往我一拳揮了過來。

我馬上就蹲下身。劇痛以肩膀一帶為中心，往腰部蔓延過去，疼得我幾乎不能喘氣，而且我也不敢大口喘，怕鼓動胸部。

「咦咦咦？你怎麼啦——！」

我聽見龍子夫人大喊、聽見龜子從後頭小碎步地跑來。珠子小姐正要叫救護車的時候被龜子制止了。

我硬撐著站起身後就直接倒在她們幫我鋪好的被褥上。她們開始討論，

「今天應該是沒辦法回去了吧……」

「先觀察樣子看看吧。」

「機票怎麼辦……？」

「沒關係，我們來時還不確定，所以打算到機場再買。」

三人壓低音量討論的聲音全都被我聽得一清二楚。一開始，我覺得劇痛疼得自己幾乎不能呼吸，但躺下來後出乎意料很快就輕鬆了很多。我惶惶恐恐地試著深呼吸。一開始先一小口，接著慢慢大口一點。沒問題，可以。接著疼痛彷彿潮水退去一樣，從身體各處偃兵息鼓了。根本是見鬼了。我暫且不敢輕舉妄動，觀察了一下情況之後發現沒問題。

「呃……」

我撐起上半身來想跟她們講話，幾個人一起回頭看我。

「你不要突然亂動！躺下躺下！」

「我好像……沒事了……」

「咦……」

幾張臉龐上錯愕的表情隨即轉成了安心的神情。

「真的嗎？」

「真的，剛也不曉得怎麼了……」

感覺疼痛好像是想向我示威，重新跑出來嚇唬我——只是暫時放過你一馬，可不是消失了唷。

「該不會是稻荷神在惡作劇吧？」

龜子側頭懷疑。我則覺得不，如果要探究原因，我心裡好像有底。

「我剛去外頭走走看看的時候，覺得暗渠的情況很奇怪，那時候剛好一口氣舒不太上來，所以就回家了。接著就在剛剛，聽見本出川幾乎都被蓋成了暗渠的時候，那一刻，痛入心脾的疼痛又衝了上來。」

「暗渠？」

珠子小姐揚起了眉毛。

「難道暗渠底下有什麼嗎？」

「下去看看好了？」

珠子小姐低吟，眉間輕輕堆起了皺紋。

「咦，可以下去嗎？」

「當初興建暗渠的公司也負責維修，只要跟他們商量一下，應該可以。」

大家瞬間沉默了起來，接著齊聲喊出：

「宙彥……」

「啊——，難道他是為了這個而進入那家公司？」

龍子夫人的表情很認真，大家各自歪頭似乎又陷入了沉思，其實現在光靠著這點線索也沒辦法推論出什麼。爬到暗渠底下後呢？要做什麼？每個人心裡都萌生了這個疑問，所以話題到這兒就斷了。

「呃，龍子夫人……」

「嗯？」

龍子夫人有點緊張似地回應了珠子小姐。

「那個金棗……」

「啊——！」

她猛然起身，馬上就去看她那鍋正在煮的金棗。

「還好還好，還差一點！已經開始有點焦了，不過這樣風味正好，藪彥堂舅剛好就喜歡這種滋味。」

金棗什麼的有什麼重要啊？我們為什麼要在談論這麼重要的事情時把金棗煮得怎麼樣放進來一起談呢？我們要談的應該是暗渠吧？我完全不管龍子夫人那鍋蓋子掀開的金棗甘露煮中飄

出來的甜香。

「可是為什麼要把這種流經鄉下盆地的水路蓋上蓋子變成暗渠？又不是交通流量大或人口密度高的都會。」

「那時候以為這是最好的解決辦法了，為了要封住那條氾濫的河川。」

龍子夫人邊嘆氣邊說。對於他們這種不斷遭遇水害的人來講，應該會覺得這也是沒辦法的事吧，但以生物來比喻，這就像是把生物的皮膚封住，讓它不能呼吸一樣，也太殘忍了。

「以前呢？這裡情況怎麼樣？應該不是只有水害吧？」

「那當然嘍，我們孩子小的時候，還常跑進河裡玩呢。有魚，有螃蟹……還有螢火蟲。噢！對了，說到這個，蓋了暗渠以後就再也沒有看過螢火蟲了。」

「不光是螢火蟲。」

珠子小姐嗓子略微一沉，害我有點嚇到。這種一天到晚隨隨便便就會「嚇到」的特質大概也是一種容易悲傷春秋的個性吧，雖然我不是宙彥。

「無數的生物——動物、植物都被犧牲了，數也數不盡的生存在椿宿這一帶的生物……」

可是那難道是我的錯嗎？我不知道那是藪狐，還是稻荷神或什麼的，但若是要把這一切怪到我身上，故意攻擊我讓我疼痛，就搞錯對象了。

「我來這邊只是因為身為屋主，有義務來確認一下房子的保存情況、土地沒人管的狀況還有這一帶的情形而已。」

「還有你也想知道為什麼身體會痛成那樣吧？」

龍子夫人微笑著加了這麼一句。

「是啊，如果順便可以，也想知道。」

「哎呀，真的嗎？」

龜子一副這句話絕不能聽過就算一樣，從旁插嘴。

「你可別說什麼晚點會讓自己後悔的話啊。」

「為什麼會後悔？難道我等一下又會痛嗎？我只不過說了這個，難道又會痛嗎？還是說有誰故意要讓我身體痛嗎？」

這麼說完後，連我自己都非常驚訝，的確是立刻就後悔了。我為什麼講話這麼衝？我居然會那樣子講話？

「不好意思，剛講得有點太嗆了。是啊，我的確是因為想盡可能減輕疼痛而去找假縫先生，接著事情發展成我必須來這椿宿一趟，因為假縫先生那樣建議，所以我就來了。這件事，我完全不後悔。」

「沒有沒有，我剛也講得太過頭了，稍微有點神經質。其實是因為我感覺這一切好像終於要逼近核心了，而且剛剛山彥先生那樣『爆炸』，我更加確信。我看我們現在還是先回去，靜待宙彥先生的信才是上策。」

我「爆炸」？什麼意思啊？我不能理解她的說法，但她那句「現在先回去，靜待宙彥的信」倒頗有說服力。

「是啊，有道理。」

「那得趕快動身才行了。」

「我看今天的飛機應該趕不上了，你們不如先在我家待一晚，明天一早再去搭飛機吧？」

眾人忽然都急了起來。

「這當然很感謝。可是我想最後一班飛機可能還趕得上，如果能麻煩您直接載我們去機場。」

「好啊，你要擔心你外婆嘛，我們就試看看吧。」

龍子夫人開始迅速把金棗收進保鮮盒，珠子小姐則幫忙整理那一帶。

我站起來開始摺棉被，以便把東西收進後車廂。雖然好不容易才打開來，還是得把越屋頂的窗戶關上，於是我拉了拉那條從越屋頂窗戶垂下的繩子。

繩子另一頭好像有什麼東西正在抵抗我似地非常沉，我使出了吃奶力氣把那莫名的重量往自己拉。黑色大黑天——感覺心頭上好像牽掛著什麼，就是因為這個嗎？我還會再來的，近期之內。我在心內這麼說，默默行了個禮。

我把稍微大一點的已經燻黑的樹枝搬去外頭，小的燒成了炭的則掩上灰，鍋子從五德上拿下來，雜物一件件整理好搬去後車廂。中庭的稻荷神那兒有龜子誠心打了招呼，我只要默默行禮就好。也跟珠子小姐交換了電子郵件等等的連絡方式。

「我很快就會連絡您。」

「好，我等您消息。我這邊如果有什麼進展，也會馬上跟您連絡。」

龍子夫人也跟珠子小姐依依不捨地惜別。

「妳如果來莖路市的話，一定要去我們那裡喔。」

「當然、當然，我常去那邊，以後就有熟悉的咖啡店了，真是太期待了！」

珠子小姐也向龜子深深彎腰致意。

「假縫女士，以後還請多關照。」

「當然，這也是緣份，而且我覺得這緣份還會一路持續下去呢。」

龜子暢然一笑。

我們三個人上了車，龍子夫人發動引擎。珠子小姐也上了她自己的車，從駕駛座朝著正要離開的我們揮揮手，最後輕輕按了個喇叭，就往不同方向的另一頭駛去了。

我從副駕駛座的後照鏡裡凝視著那愈來愈小的車子背影，這才意識到，原來之前一直覺得心頭上隱約有些什麼牽掛，掛念的無非就是要與她分別。

「以前本出川也流過這裡噢……不對，應該是現在還在流。暗渠化之後，車子開起來的確輕鬆許多。」

龍子夫人像在自言自語一樣。窗外望出去的風景中，有像堤防一樣高起的物體，但樹……連一棵也沒看到。

「以前是什麼感覺呢？」

「以前哪，來避難的藪彥堂舅常帶我去河川上游玩，回憶真是數也數不盡。藪彥堂舅對植物很熟，像是長在河原上的貓柳、赤楊，還有長在那根部開黃花的驢蹄草跟黃菖蒲、粉色的長萼瞿麥，他都知道名字。堤防上會長問荊，款冬菜也冒出了芽，我們就一起去摘，拿回家讓大人煮。」

窗外望去，暗渠周遭除了附近人家家裡種植的植栽之外，根本連一棵草木都看不到。無機質的混凝土反射了陽光，折射進眼睛裡。或許是因為我們不是在主要幹線上吧。光是想像從前那一片綠意盎然草木叢生的風景，就令人覺得眼前這景象荒涼得令人心寒。

「藪彥先生對植物的名稱很熟啊。」

龜子輕聲說。龍子夫人點點頭。

「是呀，因為實在太熟了，我還問過他怎麼會連那麼小的雜草的名字也知道。他說，因為我的名字就叫做藪彥哪。『藪』就是孕宿著無數生命的地方噢。」

「無數生命？植物嗎？」

「是啊。比如說林藪的外圍有喜歡照射陽光的植物，林藪內側照不到太陽的地方，則找得到原本應該生長在照不到陽光的森林深處植被上的植物。從外頭到裡頭，隨著光線漸次減弱，生長了各種不同的植物，也很適合動物跟鳥類築巢、適合昆蟲產卵。所以他說『藪』啊，就像是一本生命的大目錄呢。」

「您記得好清楚啊。」

「是啊，印象很深刻嘛。我從來沒聽別人那樣說過。」

「那是藪彥爺爺自己想出來的嗎？也就是說，他對自己名字發展出了這樣的解讀嗎？」

「不是，好像是他小時候從他父親豐彥那兒聽來的。於是他就想，我要成為一片豐美的林藪，讓我哥哥的道路能夠成為一條道路。」

「唔——」

這樣講的話，之前有一次海子問我但我一點也沒頭緒的那件謎題，也就得到了答案。就是那件為什麼長男取名為道彥，次男卻取名為藪彥的疑問。不知不覺間，車子往左拐了個彎，爬上了一條坡道。

「咦，我們來時好像沒經過這條路呢。」

「是呀，我想說你們都來了，想讓你們看一眼。」

龍子夫人把車停在坡道頂端。

「那座就是網掛山。」

只見一片綿延悠緩的山脈盡頭聳立著一座特別高的青山，山頂看來已稍微掩上了白霜。

「啊——，就是那座……」

「活火山。」

「有溫泉嘛。」

「古時候，網掛山好像又被稱為神奈備。」

我記得神奈備是「神域」的意思。

「噢——」

後照鏡中映照出龜子一直目不轉睛瞅著那山直看的專注神情。她打開了窗戶，馬上深深吸了一口氣，像是要解讀靈氣一樣。我心想她不曉得又要說什麼了，心底七上八下地屏住氣息等她說話。

「嗯，真不愧是那道溫泉的源頭哪。」

只輕飄飄吐出了這麼一句，讓人聽來有點失落，但又覺得好像深度解讀下去的話可以解讀出一點什麼。

「好吧，那我們繼續走嘍。」

龍子夫人再度啟動引擎。

車窗另一頭再次出現了城鎮，隨後不久進入國道。從這兒開始，風景看起來都一樣——連鎖量販店、男性西服、鞋品、家庭餐廳……。

「前面有個休息站，這個過了後，下一個離得有點遠，你們如果要上廁所的話，趁現在去比較好。」

「我不用。」

「我去一下吧。」

龍子夫人把車停在剛轉進休息站停車場的地方，從那兒走到廁所入口有一段距離，可是附近還有很多車位，我想她應該還可以停得再近一點吧，但那距離說遠也不是太遠，所以我也沒說什麼。

「好吧，那我去一下。」

龜子下了車，往外走去。一離開，龍子馬上朝著副駕駛座的我說：

「剛剛那網掛山的事。」

她筆直凝視著我，壓低音量開始說：

「現在還是有一些小爆發。以前好像曾經大爆發過，造成了很嚴重的災情。那時候山上好像有一家供奉著山神的神社，以山體為神體，爆發之後被火山灰埋得無影無蹤，只剩下鳥居前面一小部分還看得到。那是江戶時代的事了，現在那裡好像重新蓋了家新神社，不過已經不是從前那家。佐田家，以前好像就是那家神社的神官。宙彥失蹤前這樣講過。」

「咦──？」

怎麼會現在跟我講，我也不知道該怎麼反應。不，其實更早跟我講的話，我也還是不知道。

「為什麼現在……」

「我一直在等那個假縫會不會講點什麼關於這方面的事，所以才帶她去泡溫泉……。但在那裡又意外聽到了宙彥的消息，所以我現在也完全摸不透這背後到底有什麼正在發生……。」

我傻傻地看著她，彷彿我從來沒見過這個人。我一直以為她已經變成了龜子的信徒了呢。

「我沒想到原來您是在試探她……」

「說什麼試探，不好聽。其實我也希望那些具有神通力的人是真的存在，可是那需要有足夠的類似信任基礎一樣的東西，要有確切證據。讓人覺得除非真的有那方面的能力，否則這一切無法解釋的像是那樣不容分說的證明。可是她目前為止展現給我們看的『能力』，都是去調查的話就查得出來的結果，你不覺得嗎？像是我們咖啡店的事，她也不小心說溜嘴啦，說她是查了查號台的。何況她背後還有個哥哥，我總覺得那個人好像是她背後的秘書一樣。」

當下，我第一次感受到自己跟這個人之間，真的存在血緣般的連結。

「那家神社從多久之前就有了呢？」

「延喜式裡好像有記載過，不過……」

龍子視線的前方，出現了龜子的身影。

「那家只剩下鳥居前面的神社還有那件網掛山大爆發的往事，珠子小姐可能清楚。不然她應該也知道有沒有學者了解這一方面的事，你再跟她連絡看看吧。」

她快快說完，語聲剛落，龜子就回到車上了。

宙幸彥的來信

佐田山幸彥先生：

您好。

原本應該親自去跟您碰面，卻以這種形式表達。失禮之處，還請您包涵。

上次我接到假縫女士的電話時非常驚訝，不只是驚訝於聽到她在電話中跟我說的內容，也訝異於聽見她本人的聲音。這一點，我會在後面提及。

總之在電話中，我得知您去了「糙葉樹」，也聽說您跟我母親一起去了椿宿。我想您應該已經知道我離家出走了，所以就算我想跟您連絡，或者您想跟我連絡都沒有辦法（就這層意義而言，假縫女士可以說是讓悶滯不動的情況再次前進的存在，無論好壞）。

您提出見面的要求，我卻回絕說要寫信，您可能會覺得不悅，其實我非常高興聽見您來到這裡的消息。不只因為您是我的親戚、是長年以來對我家多所關照的房東，更因為您是少數會真心傾聽我述說這些事而不會覺得無聊的人。能跟您連絡，儘管是透過書面，我心中所感受到的這股安心感難以言語形容。當時之所以會說要寫信，是因為我沒有自信能把事情按照條理順序好好說清楚，信上雖然也會東提一點、西提一些，但寫在信上，至少您可以來回對照（只是這就要多麻煩您了）。

在椿宿的生活至今依然記憶鮮明，特別是少年時代的往事。尤其是跟朋友們連續好幾天在門前那條河的上游玩耍、跟當時健在的父親一起放風箏。每年春天，母親會把我從河堤摘來的問荊煮成佃煮，細數的話，回憶實在多得數不完。可惜背光的回憶卻也跟充滿了陽光的回憶一樣多，背光，該這麼說嗎？陰暗的一面。對我而言，那樣的回憶恐怕更多吧，更是形成我這個人在椿宿時期的核心。

小孩子半夜去上廁所時，不是都會很害怕嗎？大白天的，自己一個人在家時卻聽見了詭異的聲響。感覺紙門後頭好像潛藏了什麼。這些要說是小孩子的胡思亂想，也算是胡思亂想，可是一般小孩就算察覺到了什麼古怪，一段時間過後，通常也就覺得是自己多心而已，就像是「本來還懷疑是幽靈，結果是芒草」那樣，找到自己與現實世界的妥協方式，更開開心心、更

「健全」地在外面玩耍、把注意力放在朋友圈上，完全忘了先前的狐疑。只可惜我好像不是「一般」小孩。

我前面也提過，我不是沒有一起在外頭野的朋友。有一次這些朋友來我家，我們一起爬上天花板夾層探險的時候，意外發現了一本名為《f植物園的巢穴》的手記（我沒有跟假縫說我小時候已經讀過了，只說我長大以後才把它帶出來讀，可是看不太懂。這點請您留意）。那份手記全部以第一人稱寫成，看似小說，又像日記。發現那份手記時我們雖然還是國中生，但第一個發現的那位朋友是個非常愛看書的人，也很愛以小孩子特有的理解方式去解出推理小說中的謎題。當時他只是因為好奇那麼老的房子，天花板上的夾層空間不曉得是怎麼樣的結構，沒想到爬上去後居然找到了一冊古文書籍——其實也沒有那麼古，只是當時對我們來講那真的是像古書一樣難以理解——他到現在還津津樂道，說他的人生裡從來沒有遇過那麼刺激的事。我想應該也是吧。

我們沒告訴任何人這樁「發現」（其實是一起發現的朋友們全都對這件事沒興趣，一轉眼就忘了）。我花了一些時間慢慢讀懂那份古文，裡頭沒什麼特別難的用詞，至少算是以（不曉得該不該算是）「言文一致體」[21]去敘述，只要有字典在手，要讀懂並非登天難事。

---

21. 口語與書面體一致的文體，始於明治時代，也影響了當時台灣留學生，促進台灣新文學運動發展。

第一人稱敘事者在f植物園擔任園丁，某天，他不小心掉進了一棵大樹底下的樹洞中（我懷疑會不會就是那棵糙葉樹），之後生活開始脫離現實。先是房東太太的頭變成了一顆雞頭，接著有人藉由同事的嘴巴像警告他似地跟他說「不要依賴稻荷」。後來當他迷路徘徊在水路之中時又遇見了一個像是青蛙一樣的小孩子。這個孩子在敘事者的口中被暫且稱為了「青蛙小子」。青蛙小子對於稻荷的存在明顯很在意，但不知道他到底是畏懼，還是依賴稻荷。這個稻荷從頭到尾都沒有真正出現過，於是文章就在不知道稻荷的真面目之下結束了。雖然敘事者本身不斷提起一些稻荷信仰的常識，可是我覺得，或許他自己也不清楚稻荷跟整個故事之間到底有什麼關連吧（雖然這想法有點自以為是）。當然，兒時的我沒有想到這麼多。

實在是很荒誕無稽的一個故事。

我那時候完全不曉得f植物園到底在哪裡，可是他所描繪的那個巢穴中的世界毋寧就是椿宿（雖然他連一次也沒有提起這字眼），甚至比起真實世界中的椿宿，更像是「我所生存的那個世界裡頭的椿宿」（青蛙小子漂流的那條河，感覺就像是椿宿老家前面那條河的上游一帶）。還有，故事中不時出現了「稻荷」。

我母親是個一天到晚會去跟中庭的稻荷神「請安」的人。早晚餐之前就別說了，甚至連我要去畢業旅行前、畢業旅行回來之後，她第一件事就要我「先去跟稻荷神請安」、「去跟稻荷神報告」，口氣不由分說。可是那「稻荷神」到底為什麼會在我家呢？我連一次也沒聽說過，我想我母親大概也不清楚吧，只是因為歷代祖先一直供奉那稻荷神，所以她也跟著敬仰那稻荷神。可是對於一個年紀那麼小的孩子，你要他只是敬神而不求任何回報，他是做不到的，所以我每次有什麼想實現的事情或願望，就會在「請安」的時候跟祂祈求，如果實現了，我就覺得稻荷神真的好靈驗哪，自己有一個這麼牢靠的神明保佑，真是開心。

「不要依賴稻荷。」

這句讓敘事者摸不著頭緒的句子，卻彷彿繞過了彎彎拐拐的複雜迷徑，直接射穿了我的心。記述了椿宿日常的那份手記，彷彿就是寫給我看的，令我覺得自己正是那份手記最正確的接收者。

長大之後，如今我覺得f植物園巢穴那棵大樹底下的「樹洞」，一定跟椿宿的糙葉樹底下的板根之間的「樹洞」在內部相通。

當初讀到一半的時候，我忽然意識到敘事者「我」其實就是母親的大伯父豐彥。由於那整個故事跟椿宿的氛圍很像，我從一開始便隱約覺得手記可能是跟自己家有關係的人寫的，只是到底是誰寫的，以一個小孩子來說資訊量不足，無法猜到，但那名字在故事發展到一半的時候就出現了。有個段落是敘事者向青蛙小孩說出了自己的名字，而就在那段落後，我便無意間得知曾發生在那房子裡的一段過往。

一段慘絕人寰的悲劇。我想您現在應該已經知道了。對當時只是一個善感多愁的小孩子的我來說，那是我無法承受的事實。我不時想著那片血海到底是在這房子內的哪裡？我的房間當時究竟發生了什麼？豐彥先生童年時經驗過的這些恐懼、不安以及無法從那裡逃離的絕望，我也都經驗到了。我朋友當時好像也經歷了一樣的恐懼，因為他雖然不是我們家的人，但畢竟也爬上了那天花板上的橫樑，腦中也不斷鮮明地想像過從前發生在那天花板底下的慘劇吧？那之後，我們便不再讀那份手記。他也不來我家了，我也不再約他。沒多久後，便發生了那場豪雨，河川氾濫成災，為了治水連前面的糙葉樹都被砍掉了，河道也蓋成了暗渠，可是這樣真的就是治水嗎？治水難道不應該像它的字義一樣，應該是疏理水道、消除水患？這種做法絕對不是祖先所想望的治水。海與山，應該是彼此相連、暢通無阻的，河流正是為此而存在。我非常憤慨失望，但我那時只是個高中生，什麼都不能做，只有沉默。

不能不提「治水」這件事。豐彥先生在離開那個f植物園的巢穴之前，遇見了一位形同他分身的人，告訴他一句話——「當為家之治水」。豐彥先生覺得對方在開玩笑，只回了他一句「那不是我這一代應做的事」。

可是很抱歉，我覺得豐彥先生當時並沒有正確理解他體驗了什麼。或許他也不想理解，才會說出那句「那不是我這一代應做的事」吧，於是「當做之事」便被繼續推延到下一代了。

我知道自己即將迎來新的生命後，決定要想辦法把這件事做個了斷。我不能拖累到下一代，可是這種事，說了會有人信嗎？

泰子是個很貼心善良的女人，我不能讓她為了我自己家的問題受苦，於是我不告而別，打算在孩子出生前把這件事做個了斷後再回家。

我想您已經知道我現在正在朋友的建設公司上班。因為工作關係，常有機會出入縣政府，於是我知道有人正在調查椿宿那間房子。這件事也不是三言兩語就講得清楚的，請容我晚點再提。也因為這緣故，我才知道海子小姐正飽受不明病痛所苦，我直覺這該不會也是因為「治水」被推延到了下一代而受到的牽累。

回到先前的話題吧。我國中畢業後，高中、大學時從椿宿通學，後來遇見了泰子，兩人結婚。

在這期間，我從來沒有忘記過那份手記。我也曾想過要把它忘掉，但就是沒辦法。我最無法理解的是，為什麼我們的祖先要搬進曾經發生過那種慘劇的屋子呢？就算是跟對方有深交。

又或者，那房子後來曾改建過？我試圖讓自己往這個方向去思考。

可是有一天，教育委員會的人突然來訪，告訴了我們那棟房子的歷史。我母親說她好像聽說過這件事，但因為年代久遠，一直以為改建過了。我說果然沒錯，我們還是搬家吧。母親雖然很意外我居然早就知道了，但當下並沒有被我說服。就在她猶豫要不要搬家之間，發生了那場前所未見的大水災。反覆不斷的洪災、反覆不斷的受害。究竟這一連串的事情之間有什麼樣的關連呢？我心想反正那裡是不能待了，立刻就在泰子娘家附近找好了房子搬家。

搬家之前，我們先四處跟鄰居打招呼。就在去到那位以前爬到橫樑上發現手記的朋友家時，正好他也在家。我們兩人的母親聊得起興，他就喊我去他房間聊天。原本我就知道他在那家砍倒糙葉樹的建設公司上班，但從沒聽說他怎麼會去那裡。我們那種小地方的就業機會有限，那家公司在當地規模頗大，所以我一直以為他大概是剛好有機會便進去了吧。

他說那家公司裡有很多有趣的人，有一個在公司待了很久的老同事剛好對江戶中期的網掛山爆發事件後，慘遭掩埋的網掛神社的事情很清楚。他還告訴我那家神社的神主後代的情況，說是聽說神主一家還俗了之後（不曉得神道是否也用「還俗」這個字眼？）居然搬來椿宿，自稱姓氏為佐田。那是他還在拆屋部門時，從以前網掛神社的氏子總代舊家中發現的一份江戶古文書中記載的（還真是個跟古文很有緣份的男人呢）。他現在也對網掛神社很有興趣，正在調查中，如果有什麼消息正想要彙整了之後跟我說。

您聽說過佐田彥大神嗎？

從前網掛神社祭祀的三位神明之一，有一位就是佐田彥大神。祂也是稻荷神社常見的主要祭神之一。

火山爆發後，好不容易在神社原址挖出了一尊石造的大國主神像，據說此事也被記載在文書記錄裡。神像已燒得全身焦黑。黑色的大黑天。因為我朋友也曾經在橫樑上遇過那尊大黑天，他當下馬上就聯想到了。在《f植物園的巢穴》中，曾經描寫主角在走進椿宿的屋內時報上了自己的名字，出來了一位黑色的福助。我們討論完後下了結論，那個福助一定是那尊橫樑上的大黑天。但是敘事者豐彥先生在那當下並沒有察覺，至少在他寫下那份手記的時候沒有。由於他小時候在那房子裡住過一段時間，可能在什麼機會下曾經聽說或見過，知道那裡有一尊那個東西。

之後在某個時間點——或許是他父母的喪禮或戰時避難的時候，我認為是戰時。他把不想被空襲毀壞遺失的東西帶回了老家，在回去老家後，看見了那尊大黑天。不過他那時候並沒有調查兩者之間的關連，也沒有興趣知道，或許他覺得眼下最重要的是如何活下來，而不是受過去所束縛吧。但他畢竟是把「進入巢穴之中」的這椿體驗寫了下來，而且還帶到避難地點來，可見得對他來講那是椿令他難以忘懷的獨特體驗。可是寫完之後，也不能隨便亂扔，但下半輩子要一直留在身邊又有點彆扭，於是為了要解決這個困擾，最好的藏匿地點就是那尊大黑天底下，完全不必擔心會被人輕易發現。

豐彥先生以為沒有任何人讀過《f植物園的巢穴》，其實有，那個人就是藪彥先生，在他跟著豐彥先生與千代夫人一同來避難的時候，但究竟是在那之前或之後還不曉得。不過可以確定的是，他曾偷偷讀完父親所寫的這部《f植物園的巢穴》。在這本手記最後，以預感到藪彥先生即將誕生結束，而對於藪彥先生來講，那就等於是一部訴說了他自己是如何誕生的故事。他跟對於自己祖先的往事毫無興趣的豐彥先生不同，我相信他應該曾在避難期間想辦法去過了網掛神社。據我母親說，當時那一帶還住著熟悉舊時情形的耆老。

網掛神社聽說又別名網掛稻荷神社，祭祀的神是大山津見神、宇迦之御魂神與佐田彥大神。由於是在網掛山上的神社，祭祀作為山神的大山津見神這點不難理解。至於宇迦之御魂神與佐田彥大神則是稻荷神社的祭神。同時，佐田彥大神也是掌管海陸交通的神祇。關於這位佐田彥大神的傳說眾說紛紜，一說祂又別名猿田彥，但這點並不確定。的確，佐田彥與猿田彥這兩個名字發音相似，猿田彥作為眾神領路人的角色也與佐田彥的角色重複。至於果敢地把自己的行動範圍從山域拓展到大海的山幸彥，可以說也與祂們是同路豪傑吧。

在神社被毀滅後，神主一家搬到了椿宿。大概是在鎮山無功的屈辱與反省之下已經喪失了重建神社的企圖心。可是他們周圍的人似乎不這麼想，根據氏子總代[22]的紀錄，神主一家對於神事誠懇認真，頗受讚譽，許多人都認為他們應當重建，只是他們的心意堅定。雖然沒有實質的神社，但有一段期間，他們應該還是被委託了祭祀等等相關事宜。佐田這個姓氏，應該是藩主身邊的人賜給他們的，否則一般來講，應該不敢自己把自己奉祀的神祇名號拿來當成姓氏。當年發生了那起慘案後，藩主畏懼遭到國家老一族的怨念報復，便把那屋子交給早已拋棄「家業」，以普通百姓的地主身分過日子的佐田家來處理，而佐田家除了在那屋宅裡祭祀稻荷，恐怕一時之間也沒有其他法子吧。

海幸山幸的故事乍看之下，描繪的是兄弟相爭，其實就海與山如何彼此緊密相連的這一點來看，它的故事鋪陳極其躍動有趣，很難有其他神話能出其右。海幸與山幸的母親——木花開耶姬——的父親，也就是海幸山幸的祖父，便是網掛神社的主祭神之一——大山津見神。大山津見又別名和多志大神，和多日文發音為ワタ（Wata），是海神（ワタツミ／Wata-tsumi）的

22.信仰同一神祇的信徒稱為氏子，總代則是擔任統整的氏子代表。

「海（Wata）」之意，換句話說，祂兼具了海神的特質，而海幸山幸作為祂的孫子，也就遺傳了祂的能力。原本是一體的，但山幸又加上了山的要素，因此祂會變得更強大也很理所當然了。

藪彥先生當初之所以會把自己的孫子取名為海幸彥與山幸彥，難道不是期待那種充滿了躍動、飽含能量的生命力能夠回歸嗎？然而他又覺得好像還需要有另一個能夠達成平衡的、在那神話中缺少的存在。他到鄉下避難時，想必時常揣想著這件事，所以才會不斷重複創造海幸山幸的故事，並且講給我母親聽。就在這種情況下，宙幸彥誕生了。當初我母親聽說藪彥先生把自己的長孫取名為山幸彥後，馬上就想把自己的孩子命名為宙幸彥……。

於是我開始想，如果佐田家真的能夠為這椿肇因於藩主兄弟相爭的「悲劇」鎮魂——我認為這也是很重要的「家之治水」——那麼關鍵豈不就在於這個做為「平衡」的角色上了嗎？不是海，也不是山，而是發揮了第三項機能的宙幸彥——我——的存在豈不是左右了事情發展的關鍵？可是如果真的是這樣，我到底又應該怎麼做？

雖然沒有直接碰過面，我想來聊一聊我跟假縫接觸的經過。

那是市政廳新館建設工程動工儀式時候的事了。

為了祈求工程順利平安，相關人等聚在一起，由附近神社的神主來祝禱。那時候我雖然剛進公司不久，已經多少參與過新館團隊的作業，剛好其他前輩有事，由我代為出席。當時那位負責主祭的神主是當地神社派來的，專門負責地鎮祭[23]一類的祭典。我剛進公司不久，但已經認得他的臉孔，我聽說他們父子倆都從事神社職務。

不曉得您知不知道最近地鎮祭的情況？

現在的地鎮祭宛如在作秀一樣，流行在祭器裡擺放播音機，遙控器則藏在神官的袖口，從裡頭播放雅樂，真不曉得我們日本人的精神與神道的關係變成了怎樣……。有時候我參加最近的地鎮祭時都不禁這麼揣想，也許我們的內心已經沒有容得下神明的空間了。

扯遠了。

地鎮祭後的餐會上，有個參加者拿著麥茶來找我，是個給人第一眼印象並不是太低俗的年輕男人。他稍微跟我點頭招呼之後，問我「聽庄司說您跟椿宿的佐田家有點關係啊？」是不是呢？像那樣子的表情問我。庄司便是勸我來這家建設公司上班的童年好友。我說嗯，噢，是

23. 土木工程開工前的除穢動土儀式。

啊，有點曖昧地回答。我想那裡的人應該不知道我離家出走了，我太太的娘家在莖路市，她們應該不會到處大聲喧嚷我離家的事，因為我定期會寄明信片回去。就算擔心，應該也不至於會到處問，現下這樣回答應該沒有問題。可是那個一手拿著麥茶的男人說，其實現在有人正在調查佐田家的事，噯呀，不是什麼可疑人士，是因為佐田家的後代有人正面臨非常不幸的狀況……。

佐田家的後代？我一聽到這句話，就緊張了起來，難道是海幸比子小姐或山幸彥先生遭遇了什麼困難嗎？我一時忍不住想傾身往前繼續聽他講，而我的態度恐怕也讓他察覺到了什麼吧，他說不介意的話，我們換個地方談？我那天剛好參加完地鎮祭後就要回家，於是我們便走進了附近的一家咖啡店。

他說他在負責地鎮祭典的神主所屬的神社裡頭工作，算是事務人員或經理或秘書之類，講直接一點，算是跟神社有老交情的朋友吧。他一邊遞名片給我，一邊這麼自我介紹。名片上的確印著那家神社的名字跟專任經理之類的職位，他的名字叫做瀧山伸一。

「頭銜印得好像很厲害，其實就只有我一個人在做，其他就是夫人們幫忙。」

他喝了一口送來的咖啡，繼續說道：

「這次是一家針灸院委託我們。」

「委託？」

我一頭霧水，瀧山點點頭。

「是一家叫做假縫針灸院的地方，那家族以前是修驗道的祈禱師，現在遵從家訓，從事治療活動，似乎是以濟世為目的，很奇特的一家人。」

「唔……」

那是我第一次聽到假縫這個名字。說是修驗道的祈禱師，但我聽起來只覺得非常玄，完全不懂那是什麼行業。

「您知道有位叫做佐田海幸比子的小姐嗎？」

我點點頭，原來他說「佐田家的後代有人正面臨非常不幸的狀況」指的是海幸比子小姐？我那時候那麼想。原本以為為了我即將出世的孩子，我一定要想點辦法解決這件「家之治水」的難題，沒想到情況已經迫在眉梢了，海幸比子小姐的生活已經遭受威脅。

「海幸比子小姐正被不明病痛所擾，已經試過了各種方法但就是找不出病因。她似乎是在無法可想之下，去找了假縫針灸院幫忙。」

在假縫針灸院試過了一整套療程沒效後，試著從根本上改變方針。他們覺得她的名字實在太古風了很奇怪，於是仔細問了她的祖先情況，這一問，海幸比子小姐說，不是只有我，我堂哥也飽受不明病痛所苦。所以假縫他們研判這不是她一個人的問題，而是牽扯了更廣泛的包含了整個家族在內的病因，因此請她帶她堂哥來看診。

「我堂哥那個人很彆扭，你要是跟他說他的病因牽扯到祖先，他一定不會接受的，別說接不接受了，要叫他來嘗試針灸這種東洋醫學的東西，他絕對不肯。聽說海幸比子小姐那麼說。」

我一聽，馬上知道他說的是山幸彥先生，沒想到連山幸彥先生也遭遇了這種莫名其妙的詛咒（雖然我不知該不該這麼說）。我感到很難過，瀧山又繼續說：

「但他們不是這麼輕易就會放棄的人，畢竟是修行很久了，只要看見有人受苦，他們下意識就想拯救。於是他們從海幸比子小姐的口中問出了她堂哥的資料，發現她堂哥的外婆家就在離他們家不遠的地方。既然這樣，可以善用地緣關係，這方面，詳細情形我不大清楚，不過總之，他們用盡了各種辦法來訴諸她堂哥的潛在意識。當然，潛在意識這個詞他們是不會用的。」

與此同時，他們也開始調查椿宿老家，但這方面畢竟超乎了地緣範圍，於是他們便動用了通常遇到這種狀況時會動用的修驗派同道中人的內部網絡。

「所以才會找上我家神社的神主，也就是我父親。他們說雖然不是祖宗作祟之類，但想麻煩我們調查一下。您別看我們神社現在這麼世俗化，以前畢竟是這方面的神社。」

原來如此，我說：

「但為什麼您要這麼詳細地跟我講這件事呢？瀧……山先生，您想知道的是椿宿佐田家的情形吧？」

恐怕在那之前，他已經把這件事化為了言語好幾次，被我一問，他毫不猶豫地回答：

「我雖然還年輕，但從經驗上也知道人突然被問到自己家的事情時，說你把你祖先的情況跟我講一下嘛，沒有人會說好啊好啊，我跟你講喔，我家祖先是這樣那樣。我們這樣子打聽別人情報，目的是想助人而不是出於私慾私利。這份動機要明確，一切才有可能進行得下去。但就算這樣，還是有人什麼也不想透露。老實說，我雖然只跟假縫通過電話，但如果不是切身體會到他們有多想助人，就算稍微犧牲自己一點也沒關係，我也不會這麼盡力，就算是雇主吩咐也一樣。講得難聽一點，這就像小報雜誌在做身家調查，我也不想做啊。乾脆隨便查一查，推說調查對象防心很重，怎麼樣都查不到就算了。我們還使用真正的名片，如果不是為了助人，會傷害到自己神社的名譽。」

原來如此，我再度沉吟。原來助人這個大義，就可以讓人動起來嗎？或者是因為被人窺見了神社地鎮祭的世俗化程度，在反動心理下，更想展現出助人這一面？無論如何，他說動機明確一切才有可能進行下去的這個論點沒錯。但即便如此，扛著助人大義就要別人把什麼都講出來也太不合理了。如果講出來就能讓海幸比子小姐康復也就罷了，但沒有這種保證嘛。甚至他一開始跟我說是修驗派的修行人，但我完全不曉得修驗派的修行人到底是些什麼樣的人，而且這些修行人的內部人際網絡當中是否摻雜了金錢對價關係？但我又想，如果只是把去現場查就能查清楚的事情說出來，而不要透露核心部分，應該沒有關係，而且跟他交流或許可以聽到什麼有用的情報，於是我說：

「您已經去過了佐田家嗎？我們去年還住在那裡，但現在已經搬走了。您現在去那邊也沒人在。我們跟房東佐田家的確是親戚，但兩家幾乎沒有往來。」

「可是……」

瀧山忽然一臉精明。

「您的名字的確是叫做宙幸彥吧，很明顯跟他們兩人的名字有關連。」

我的名字太長了，平常用起來不方便，所以我都自稱宙彥。我想山幸彥先生與海幸比子小姐平常大概也都是叫自己山彥、海子吧。庄司平常也都叫我宙彥，所以消息顯然不是從庄司口中打聽到的。

「我們上一代的祖父輩為止，兩家比較有往來，現在已經沒有了。」

「您的名字是佐田家的爺爺取的嗎？」

「不是。」

「咦……可是總感覺好像梗著些什麼耶。是啊，我已經去過椿宿，那裡的確已經沒有人在，也進不去。但去了以後，更覺得好像有些蹊蹺，這是我們神社人的直覺。那裡是不是供奉了什麼呢？」

他單刀直入，我也只好老實回答。

「那裡……有個稻荷祠。很小就是了。」

「我就知道。」

瀧山沉沉點頭。那消息跟那屋子所懷抱的難題——譬如過去那椿慘案——相比之下根本微不足道，這樣的消息就算傳入了假縫耳中，他會怎麼使用呢？我漠然想著。會不會把消息誇大，講成是被迷途的狐仙附身，只要驅靈除煞就能治好之類？

或許有些人會想，病由心生，只要能治好，說法怎麼樣都好。

不。若是這個假縫真的有那方面的能力，那個家的治水問題到底該怎麼解決，搞不好可以借助他們的力量。我甚至還這麼想。不過他們那兒離我太遠了，而且我也沒有真的相信他們。

「以前應該有好好供養吧，但搬家的時候卻沒有移祠過去。」

「那又不是我家的，只是因為原本就在，我們順便供奉而已。是我母親在做。」

「現在拜託鄰居照顧嗎？」

「怎麼可能。」

「難道就那樣放著？」

「是啊，說起來是這樣。」

「不行哪——」

瀧山皺起了眉頭。儘管不信任他，我還是覺得被他說得心頭有點忐忑。接著他自信滿滿地說：

「會變成野狐。」

「嗄——」

我忍不住當下驚呼。不曉得您是否聽我母親說過，我是個很容易緊張而且善感的人，野狐那字眼，聽起來好像有種旁若無人的妖力。

「不然我有時候過去幫忙祭拜好了。」

這時，瀧山的臉看起來忽然也變得像是一尾狐狸。我二話不說馬上搖頭。

「不用了不用了，真的不勞費心。而且那也不是我們應該管的，我們只是房客，沒資格說什麼好不好。」

我故意看了一眼手錶。

「我差不多該走了，跟人有約。」

「不好意思耽擱您了，噢對了，我從庄司那兒聽說……」

糟了！我忍不住緊張。感覺自己好像是被神探可倫坡在離去前忽然又丟出了一個致命證據的智慧犯一樣，但是不，我根本就沒做什麼惡事。庄司跟我一起讀過那份放在黑色大黑天底下的佐田豐彥先生所寫的《f植物園的巢穴》，對於那椿慘劇知道的不比我少。不曉得瀧山到底知道了多少，難道他想刻意裝做不知情，從我這兒再套出更多的話嗎？

「您聽他說了？」

話說出口的瞬間，我就察覺我又錯了。瀧山眼神深處閃過一抹狡猾的光芒，我感覺自己再度成為神探可倫坡手中的嫌犯。

「果然有什麼吧？」

我只能默不作聲。瀧山態度從容地說：

「我遇見的，是您以前住的椿宿那邊的庄司唷。」

是庄司的母親。真是的。庄司似乎把他介紹我進他們公司的事情告訴了他母親，難道瀧山是刻意把這部分含糊帶過，以讓我誤以為跟他講過話的人是我的朋友庄司？為時已晚，我看這人很年輕而掉以輕心了，不能跟這種人再聊下去，我馬上就走，恨不得立刻就離開現場。回家後，立刻跟庄司連絡。

庄司說他從沒有跟他母親提過任何關於那手記的事，只說過他建議我去他們公司上班。他的口氣聽起來一點也不覺得他做錯了什麼，而且他的確也沒做錯什麼。我跟他說了瀧山還有假縫針灸院的事，為免萬一，還拜託他千萬不要不小心透露口風。他說他知道了，聽起來對這件事沒什麼興趣。反而語氣一轉，開始興奮地說比起這件事，教育委員會在挖掘作業時發現了一件很有趣的事呢。

挖掘地點是在本出川跟椿川匯流處往上游幾公里的舊時的椿川河畔，最近才剛被規劃為新道路的候補地點。

挖掘時露出的砂礫層裡，摻雜了許多碎小的火山石，應該是一萬年前左右網掛山爆發時的火山碎屑流，被堆積在比現今更靠近山麓的地方，後來才被洪水沖刷到了現址。那次洪水說起來很有意思，似乎是上游的天然堰塞湖潰堤而引發了山洪暴發。那個天然堰塞湖在歷史古籍《扶桑略記》裡也有記載，是仁和三年（西元八八七年）發生的南海海溝超大地震後所形成的天然堰塞湖。那次地震所引起的山崩造成了大規模土石流，導致河川堵塞，這件事好像是從土石流堆積物裡所發現的檜木年輪推定出來的，而且當時好像並不只有這一個天然堰塞湖，大大小小有過很多個。

聽庄司這麼說，我開始覺得天然堰塞湖的潰堤該不會就是造成椿川河道不定，時常氾濫成災的肇因吧？我把這想法告訴庄司，他也說可能噢。既然如此，我繼續提出疑問，佐田豐彥的分身告訴他的那句「當為家之治水」，指的該不會就是要整治包含佐田家在內的整個椿宿地區的水患吧？

聽了我這麼說後庄司沉默了一下。

「可是在那之前，還有更緊要的事得解決呢。」

他聲音低啞。

「人類的所作所為實在是很沒意思，你說那什麼瀧山跟假縫？不好意思，我聽了實在覺得很無聊。」

我不吭聲，頗覺敗興。跟大自然的力量相比，人類渺小的行動當然不算什麼，可是真的就沒有意義嗎？我無法釋懷，但也沒有反駁他。

「我剛不是說過，仁和三年發生的南海海溝超級大地震造成了山崩嗎？其實那時候的山，好像還在移動喔。」

什麼？我被他這番出人意表的說法嚇得眼睛都忘了要眨，只想趕快聽下去。

「其實江戶時代發生火山爆發時，山體——也就是巨大的岩塊——該怎麼講，原本是卡在網掛山腰上的狀態，從仁和三年的地震後就一直那樣卡著。但火山爆發的衝擊引發了大規模山崩，造成卡在山腰上的巨大岩塊滑落。同時那時也爆發了土石流，淹沒了神社。今後那岩塊還可能會再次滑動，其實最近已經發現了風洞，這表示岩塊顯然已經開始從基盤位移了。搞不好明天就會崩落，也或許千年以後才會崩落。」

我驚愕得簡直快要喊出來一樣地跟他說，怎麼會最近才發現，以前都不知道呢？

「只是說有這個可能性，還不是定論。」

所以網掛神社當年遭遇了地震倒塌，火山爆發、岩石崩移之際進一步崩毀，接著又碰到了火山碎屑流然後還被火山灰淹沒嗎？雖然說已經是很久以前的事了，但知道自己祖先碰到過那麼嚴重的災難，還是令人心頭難受。

「不過遇到災害的地方好像是網掛神社的後頭社院，神主一家主要住在山麓，好像沒有造成太多死亡。」

這句話多少給了我一點慰藉。到那時我才知道，原來如此，「家之治水」果然需要山幸與海幸的力量。那麼我這個介於中間的宙幸，到底應該怎麼做呢？怎麼做，才能讓這個家之治水實現？我愈來愈迷惘無助了。

跟庄司講完電話後，好一段時間我腦中一直想著那滑落的山體，那巨大的岩塊。還有，那滑落的神社。

不知道為什麼，那光景也讓我的心莫名平靜了下來。

我知道，那是因為我發現了從小感受到的不安根源就在那裡。在那不斷不斷往下滑落的恐懼中。掉下去了——我光是在心底這麼呢喃，就感覺自己好像觸及了那份不安的核心。雖然身處在不安的暴風眼之中卻感到莫名寬慰，就好像是終於結束了漫長旅途，回到了家，放鬆了下來。我知道沒有人能理解我這樣的安心，就像是沒人能理解我的不安一樣。只是在我的人生當中，那是值得紀念的一刻。

不過家之治水到底應該如何做，我依然沒有對策。腦中斷斷續續浮現出神社滑落的景象，我忽然心生一念，也許該不會家之治水，指的就是讓神社重生吧？可是這又應該怎麼做呢？乾脆去請瀧山跟假縫他們幫忙嗎？可是若要借助他們的力量，就必須慎重再慎重。就在這麼考慮的時候，忽然就接到了假縫那通電話。也許那個人真的有什麼強烈的第六感也說不定。

因此我才知道您去了椿宿，覺得這一刻終於來了。至於是什麼「終於來了」，我也解釋不清，但我想您應該懂得。

推動我的，是對於即將出世的孩子、對下一世代某種難以使命感或義務去解釋的想抑制也抑制不了的衝動。最後那衝動，似乎能令我自身得到救贖。但願同樣的事，也發生在您身上。

拉拉雜雜寫了很多，感謝您耐心看完。但願這封信能派上一點用場。

鮫島宙幸彥　敬上

給宙幸彥的回信

鮫島宙幸彥先生：

您好，感謝您的來信以及寄來我曾祖父的手記《f植物園的巢穴》。收到這麼珍貴的東西，實在惶恐，卻拖了這麼久才回信，請您不要見怪。

其實從椿宿回去後，我外婆就彷彿在等我回去一樣，隨即撒手人寰。身為孫子的我原本應該是不會像她的女兒們那麼忙，但不知為何卻也有許多事務作業得忙進忙出。也多虧了這樣，不用馬上面對失去我外婆的空虛感。現在靜了下來後，才頓時體會到我外婆的存在從小對我而言有多麼重要，又有多麼珍貴。

在我的成長過程中，我從自己母親身上接收到的雖然不是虐待，也絕不是理性的對待。如果是任何人一看就知道的虐待，或許一切還簡單得多吧，但像我母親那樣，從鄰居或親戚的角度乍看之下充滿了關愛與尊重的教養方式，其實一點一滴奪走了孩子的生存力氣。她所做的那一切到底算是什麼，我至今仍難以理解，不過這次在我外婆的喪葬過程中，我觀察那些為人母親的一舉一動，深深體認到了每個家庭真的都有不足與其他家庭相提並論的「難解之謎」。不過外婆的喪事總是告一段落，昨天起我開始恢復正常上班。

這樣跟您袒露心情，其實就連我自己也很驚訝，因為我從來沒有跟別人說過，大概是受了您在信中坦率抒發心境所影響吧。我們雖然生長在不同環境裡，您所說的那種與周遭的疏離感其實我也深有共鳴，跟我從小感受到的某種應該算是心性吧的感受離奇相似。

您在信中提到，您相信那種「不斷不斷往下滑落的恐懼」就是長年以來令您心神不寧的肇因，而您意識到這點後心情放鬆了下來，非常安心。您也說您相信別人不會懂得您這份心情，可是我相信我懂，因為那幾乎就是我自己的感受。明明知道即將被沖往某種決定性的破壞卻無能為力、無從抗拒、無法逃脫，只能任憑漂流。

很抱歉，沒有得到您的允許，我便把您的信跟曾祖父的手記《f植物園的巢穴》拿給海子看了。因為我覺得那封信既是寫給我的，也是寫給她的，就像您在信中數次把我們兩人的名字並列一樣，我解讀為那是一封同時寫給海幸與山幸的信。

把信跟手記拿給她幾天後，她打了電話來，以她那個人來說算是很罕見地言簡意賅表達了她的感想——很震撼。

很震撼，因為清楚了很多事情。首先是假縫兄妹居然是出身自修驗道的祈禱師家庭，不過就算知道了，她還是會去找他們，只是有很多事情如今恍然大悟。另外，我以為她接下來要跟我道歉了（畢竟連去我外婆那裡的長照護理師都是他們的人，我簡直是被人家算計得好好的，有人被這麼算計還會不生氣嗎？我當然想要她道歉了。要是以前的我，肯定會跟她絕交三年），沒想到她居然大言不慚地說「反正還不是多虧了龜子（假縫兄妹裡的妹妹），不然宙幸彥先生也不會像這樣寫信來」。真是非常有她的風格，絕對要占上風，不能吃虧。

但我也同意她的說法。

當我因生活不斷遭受一次又一次莫名其妙的單方面攻擊——疼痛——而頹喪不已、墮入了憂鬱深淵時，跟我一樣慘遭打擊的她果敢地行動了。她試圖找出疼痛的原因，解決這莫名其妙降臨在我們一族身上的問題。的確在假縫針灸院那件事上，她是做得有些過火，可是我也沒有資格責怪她（難得我會這麼謙恭自省，這又再度嚇到我自己）。

《f植物園的巢穴》所抒發的無疑正是一種「不斷不斷往下滑落」的感受。以前藪彥爺爺常說我跟曾祖父豐彥很像，而我讀他的手記時，也的確是感覺好像是我自己的親身感受一樣，一點也不覺得是別人家的事（的確不是別人家的事）。我感覺自己好像就是那手記中的主角，讀得坐立不安，這樣形容好像很奇怪，但我的確是一下子站、一下子坐，那樣讀完的。那手記裡頭，一連串離奇的事就是從牙痛開始，感覺「疼痛問題」好像從許久以前就反反覆覆不斷朝著我們一族訴說著什麼，而我一點也沒有察覺。曾祖父豐彥也是，恐怕也沒意識到牙疼現象意味了什麼問題吧，名副其實，不覺痛癢。我覺得您的直覺沒錯，這種命運除非有「宙幸彥介入平衡」否則無法斷絕。

曾祖父所打造的那個「植物園的隱江」，處理的正是水與大地的問題，也正是椿宿所懷抱的宿命問題，可以這麼說。他把它微型化了，我猜他自己大概也沒有意識到這件事。當他的分身告訴他應該要解決「家之治水」難題時，他立即回答「不，那不是我這一代要解決的問題」，而他的態度也讓我看見了我自己。如果可以，我也想要這麼拋下一句，逃避這問題，可是個人的課題與家族的宿命無從分割、緊緊纏繞在一起，我相信曾祖父豐彥與伯祖父道彥應該都正面迎向了這難解的一族之內的問題吧，儘管伯祖父並沒有出生。我們如今已經無法知道藪彥爺爺究竟對於自己未出生的哥哥懷抱了什麼樣的情感，但我真心希望他讀過那份《f植物園的巢穴》，這樣他就會知道自己是多麼被期待出生，是多麼被寄望能給家族帶來一線希望。

我也沒有確切證據，但我也跟您一樣相信爺爺的確讀過了那份手記。應該是在他避難前或避難期間的事。所以他不斷思考該怎麼解決自己的父親豐彥被分身質疑的那個「家之治水」難題，最後他想到了海幸山幸的神話。在神話中，海幸與山幸的衝突激盪了水的流動，讓海神之女豐玉姬與山神之間誕生了孩子。他應該是在長孫出生的時候想起自己曾經在避難期間跟龍子夫人講過的那些神話，於是決定要把自己一族的血脈取名為山幸彥與海幸彥吧。不過山幸彥與海幸彥這兩個兄弟的衝突雖然可以引發治水之力，但萬一只生了一個孫子呢？如果生了兩個也就罷了。為了避免這種情況，他才把第一個孫子取名為同時具有山海之力的山幸彥吧。這也是為什麼明明是弟弟的山幸彥，卻被冠到我這個長孫的頭上了。雖然取了這種名字不見得就能那麼好運地解決自己家的治水難題，但我想這是爺爺的一種寄望。寄望能藉由這種詭異的命名，帶來什麼神奇力量，解決自己家裡的宿命。我長久以來一直以為自己的名字只是別人一時的玩笑，連我自己都看輕自己了，但現在我已經明白。

神話原本就充滿了象徵性。也許我們可以把先出生的哥哥與後出生的弟弟視為是一個人的過去與未來。如果哥哥代表的是至今為止的自己，那麼否定哥哥，便是企圖從自己即將就這麼下去的人生中找出一線新的可能性與新選項，換句話說，是企圖自我更新。如果這樣，我們也可以把海幸與山幸看成是一個人的未來與現在，或是一個人的現在與過去。

藪彥爺爺當年那麼深受這神話中的象徵性所吸引，甚至還加上了自己的創作、更把自己孫子取了那樣的名字，這表示他心中對於那從來沒有出生的哥哥抱持了多麼深的糾葛。一想到他一輩子如何努力克服那一切，我便難受得想掉眼淚。

尤其兄弟心結這種事，無疑是同質之物的糾葛與停滯。我跟海子之所以一直難以交心，大概也是因為我們兩人明明是堂兄妹，卻被取了一對貌似兄弟的名字吧。但我們與神話裡頭的海幸彥、山幸彥不同，為了逃脫共同的疼痛問題，我們一路合作至今，這一切都要感謝從沒見過面，但肯定是我們靈魂中的兄弟——宙幸彥先生您的存在。

海子最近去了一位剛從美國研究機構回國一陣子的醫生那兒看病（似乎只有在這段期間幫有人介紹的患者診治）。聽說那位醫生小時候也受過假縫針灸院關照，不知道是不是因為這樣，有那一方面的特質在，不會否定海子那些荒誕無稽的講法。我看海子大概也不敢全都講出來吧，可能只是有時候剛好沒有其他患者在，醫生願意聽聽她發發牢騷（搞不好是把她的精神狀態當成必須掌握的健康狀況之一）。海子跟醫生提到，自己祖先老家是在一個發生過嚴重山崩地裂跟水患的地方（她應該沒說她懷疑那正是自己身體不適的原因），醫生說他剛好也有個研究員同事來自德國的巴伐利亞區（Bayern），老家附近好像也是這樣。可能是當成日常閒聊這樣說。

那位醫生說，巴伐利亞區政府買下了他同事小時候常去釣魚的某條河川一帶的土地整治水患，但那治水工程是怎麼做的呢？居然是什麼也不做。我想應該不是所有例子都是這樣，只是剛好那塊土地的地理條件適合這麼做吧。他們在洪水旱災反覆不斷發生之間就只是等待，等待地勢自然得到整頓，植被也穩定了下來。聽說相信大自然的力量，人類什麼也別做才是上策。

海子聽完那段話後好像受到了不小震撼，因為那完全違反了她那個人的生存方針。她從來都是只要一遇到問題，就要想盡辦法解決，而我覺得這種只是「積極等待」的態度，似乎也給我們今後的人生帶來了某種啟發。

不過在隨時可能發生劇烈地表崩移的這一刻，到底該怎麼「只是等待」呢？

我問那位熱心提議把老家的土地改造成公園，開放給一般大眾使用的教育委員會的緒方小姐知不知道今後可能會發生岩塊移動而造成的地表崩移，當時我口氣多少有點不好，因為一想到她搞不好也像假縫兄妹一樣故意「有事沒對我說」，我就心頭難受。沒想到她居然泰若自然地回我「我知道啊，不過沒放在心上。或者說根本不覺得這件事有提起的必要」。我很驚訝地告訴她，可是萬一發生地表崩移，會造成難以承受的災情喔，她卻回我「可是你看富士山嘛，人家不是說隨時火山大爆發也不奇怪，可是住在那裡的人還是繼續住在那裡，政府也沒特地限制交通。那種誰也無法預測的事，講白一點就是Que Sera Sera——會怎樣就會怎樣。就算發生火山爆發好了，搞不好自己可以逃過一劫呀，地表崩移也是嘛。」

那的確很像她會講的話。我瞠目結舌的同時，也感覺心底莫名鬆了一口氣。我這個人哪，只要一碰到什麼事，就會像被附身一樣只想趕快逃進洞穴裡，結果把自己卡在裡頭無法動彈。但跟她講講話，就會又覺得自己好像有可能被拉回陽光普照的大地上。所以我今天正打算要打電話給她，跟她說那件把老家打造成公園以對抗水庫興建案的計畫，請她就往那個方向進行，同時家裡中庭的稻荷祠，也要順便再弄得大一點。

網掛神社自古以來也是信仰稻荷神的神社，我們祖先當年放棄了神官職務後，似乎神社也就自然而然畫下了句點。您在信中提到讓網掛神社復活的可能性，我忽然想到，該不會我們祖先其實根本就沒讓網掛神社消失，而是以其他方法縮小規模延續了下來？這樣一想，《f植物園的巢穴》裡豐彥的父親為何會每天早上朝著中庭的稻荷祠合掌也就不難理解了。換句話說，網掛神社如今是以椿宿家中庭的那個小小的稻荷祠為「御旅所」（我聽說這是神靈離開神社在外面出巡的途中，暫時歇一會的中繼站，也就是暫時的神社）存續了下來，這樣子的話，神祇所寄宿的御神體，不就是那尊「黑福助」，也就是大黑天、大國主了嗎？雖然不是當初網掛神社的主要祭神，但我可以理解為什麼會以這尊慘遭兄弟殘暴對待的神祇為主要祭祀的神體，因為這也跟神話裡的宙幸彥一樣，是一尊「隱而不明」的御神體呀，不是嗎？

所以您說您直覺「家之治水」便是要讓神社復活，我深感同意。

令您掛心的我跟海子的健康狀況，最近海子跟那位醫生的關係非常良好，也幾乎沒再聽說她身體痛了。或許她只是沒說，其實還是會痛，但她也不是那種會忍痛不講的人，所以我相信應該是正在痊癒中吧。至於我自己，早已習以為常的那種疼痛本身已經神奇地偃兵息鼓，搞不好可以說已經離我遠去。

其實就在我接到您來信前幾天，正好為了我外婆的四十九天忌日回去了外婆家一趟（其實最近的人也不算得那麼仔細了，只是配合我舅舅、舅媽的行程安排在那一天），回程時順便繞到了假縫針灸院。我的身體現在已經輕鬆很多了，但由於先前請他們幫我治療，雖然不知身體好轉是否是他們的功勞，但因為他們也沒說療程已經結束，我想還是過去一趟比較好。如果他們正在忙，我就打個招呼就走，所以也沒事先預約就去了。

龜子剛好不在家，沒碰到她，不過假縫先生那時沒其他病患，便讓我進去治療室幫我看了一下。我一開始先跟他提起去椿宿路上的經過、在那邊重新打開地爐還有正在等您來信的事，雖然他應該已經聽龜子說過，不過我還是聊了一下當成寒暄話題。他聽我說完後很滿意地看著我說「有些地方能壓得下來就先壓下來，之後只要好好靜養，身體自然就會慢慢痊癒」。之後他說要幫我看一下，所以我便自然脫了衣服。

躺在診療床上後，假縫要我翻身趴下，我一趴下，他摸了摸我的肩胛骨邊緣一帶說：「我之前在這邊幫你下了艾灸，一下之後，你這一帶馬上鬆疲虛軟，經穴迅速大幅移動，彷彿消失了一樣，嚇我一跳。因為那表示你這底下有一條通往全身的大經絡，艾灸一下，才會忽然受到影響。我那時判斷這應該要先想點辦法解決，等解決了之後再重新幫你看一次經穴。」原來如此，我點點頭，「所以是穴位移動了吧，就是那個叫做椿宿的穴位，沒想到椿宿的核心移動了。」

我那時候還沒讀過您的信，還不知道他已經在第一次見到我之前就知道椿宿那地名，對於這個人是不是真的有什麼神通還半信半疑，所以才會主動提起椿宿那名字，想要打探看看。還好他的臉皮好像也沒厚到敢順著這話題繼續講，他只說：「經絡這種東西每個人都不一樣，健康的人的穴道大概是像米粒那麼大，有點問題的人則像十日圓硬幣或五日圓硬幣那麼大，有些人的甚至像個臉盆那麼大，穴道周圍全都冷涼氣滯不前，而且逐漸往外擴散。」「像低氣壓那樣子嗎？」「是啊，一摸就覺得冰冰冷冷，帶點濕寒。」「那我的呢？」我趴著有點擔心地問。「你應該可以想像吧，我上一次就覺得你那情況沒辦法下針。」接著說：「但這一次沒問題了。不過有鑑於你上次那情況，我看我們今天還是先施灸之後沒事再下針。」他邊說邊往我身上好幾個地方下了艾灸，不一會後，我便覺得後背逐漸發熱，微微有種共鳴的感覺，彷彿它們正在我體內奏響了什麼難以形容的音樂。我忍不住感嘆地說這感覺跟以前完全不同，他回答我「那是當然，你的身體也跟從前不一樣了。你的穴道現在已經清清楚楚浮了上來，每一個都是不能亂來的穴位」。

我心想這時候應該要說點什麼來表達我的謝意。「感覺以前痛成那樣簡直像一場噩夢」。聽了我那麼說後，假縫以應該是他天生就是那樣仙風仙骨講話的口氣說道：「疼痛絕對不會單獨存在，一定是牽涉了整體層面的問題，而不單只是疼痛點的問題而已。不過人類的身體就我所見，真的是啊……會自己一直很努力地痊癒，所以我只是在後面推一把而已。」我心想現在正是時機，便問他：「所以我之後還需要繼續來這裡接受治療嗎？」「你身體五臟六腑的中樞還必須整頓好，不過這方面你可以自己照顧，以後你覺得有需要，要來再來吧。」

老實說，當下我真的非常感佩，道別時誠摯道過謝後才離開了假縫針灸院。

現在我手已經能夠舉高，也不再因為腰痛而一直躺床了。憂鬱也在這一段出人意表的進展下而在不知不覺間遠去。只是說痊癒之路好像看到了一點光芒嘛，一切又似乎還搖擺不定，仍舊留著一種溫溫鈍鈍的微痛感。不過那就好像巨大的隕石消失後，地表上的巨洞仍記憶著當時的痛楚一樣，即便非常大的什麼體積消失了，地表上還留著巨洞。我感覺那種痛有點令人難以割捨，不可思議地對它帶著眷戀之情。這種過去的苦痛留下來的記憶所形成的痛楚感覺好像非常私人，誰也不會懂得，也因此是只屬於自己一個人的某種神奇的形成我這個人根基一樣的東西，很長一段時間，我因為飽受疼痛困擾而覺得自己什麼也不能做，只有等到疼痛消失，我的人生才能真正開始、才能過著真正有意義的生活，但如今我覺得就在我忍受疼痛的那些時刻，難道我不就已經活出我的人生了嗎？痛苦是活著的反饋，我正面迎向了人生，才會有所痛楚。這樣想的話，還有什麼比這更有意義的「任務」呢？

而這如果就是祖先所帶來的遺產，我不得不升起一股從前沒有的虔敬心了。雖然是前人留下來的問題遺產，我們也只有把它視為己任，接受它。

您在信中提到您相信「沒有人能理解我的不安」，而我此刻忽然覺得，或許這種我們覺得沒有任何人能了解的不安，其實在我們個體深處，我們彼此都是相連的。我想起了假縫說過的一句話——「整體都相連」。整體相連——死者與生者、過去與未來。或者，也許。

走筆至此，請您幫我向龍子夫人還有泰子太太問好，也請您多加珍重。我在遠方獻上最誠摯的祝福。

佐田山幸彥　謹上

寫完這封信的前後，宙彥先生好像也回家了。海子則與醫生一起遠渡美國。我雖然沒有直接從她那兒聽說，但她跟那位醫生私底下似乎也建立起了良好關係。這是我母親從她母親那兒聽來的。海子的父親——住院的小次郎叔叔後來身體也好轉，前些時日已經出院返家了。

椿宿的老家也在珠子小姐奮鬥下，終於通過了公園企劃案，同時也接受了我們「把稻荷祠搬去前院，並設置源於網掛神社的告示牌」這個條件。等新的稻荷祠建好後，我打算在那前面與珠子小姐見面。

不過水庫興建推動派的人好像還沒全面放棄。另外還有件事，縣政府土木課目前跟大學的研究室合作，共同觀測椿川上流的地盤變化以預測地表崩移的可能性，並隨時把預測值發表在當地宣導刊物上。珠子小姐似乎也正式委託了那些在椿宿賣香菇的「爬山人」，要他們一發現有什麼變化，無論多小，都要趕快通知她。不過她說「正式」到底有多正式，是安排了什麼職務名稱嗎？我不由得感到不解。不過我也知道，山裡的事，問山裡的人最清楚。

假縫針灸院後來我就沒去了。我當然是感謝他們，但心情實在複雜，老實說，我理解這世上有些人是為了非常時刻而存在，但我希望今後能活得不必有機會勞煩他們關照。

又過了一陣子，鮫島家寄來了一張聯名明信片，告知我寶寶順產的消息。至於取了什麼名字，倒是沒有聽說。

PL00082

椿宿之事

作者—梨木香步
譯者—蘇文淑
編輯—黃煜智
校對—魏秋綢
企劃—吳儒芳
封面設計—廖韡
內頁排版—綠貝殼資訊有限公司

總編輯—胡金倫
董事長—趙政岷
出版者—時報文化出版企業股份有限公司
108019台北市和平西路三段二四〇號七樓
發行專線—(〇二)二三〇六六八四二
讀者服務專線—〇八〇〇二三一七〇五
(〇二)二三〇四七一〇三
讀者服務傳真—(〇二)二三〇四六八五八
郵撥—一九三四四七二四時報文化出版公司
信箱—一〇八九九台北華江橋郵局第九九信箱
時報悅讀網—http://www.readingtimes.com.tw
思潮線臉書—https://www.facebook.com/trendage
法律顧問—理律法律事務所　陳長文律師、李念祖律師
印刷—勁達印刷有限公司
初版一刷—二〇二一年七月二日
初版二刷—二〇二一年九月二十四日
定價—新台幣四八〇元
(缺頁或破損的書，請寄回更換)

時報文化出版公司成立於一九七五年，
並於一九九九年股票上櫃公開發行，於二〇〇八年脫離中時集團非屬旺中，
以「尊重智慧與創意的文化事業」為信念。

椿宿之事／梨木香步著；蘇文淑譯. -- 初版. -- 臺北市：時報文化, 2021.6
320面；14.8×21公分
譯自：椿宿の辺りに

ISBN 978-957-13-9014-7（平裝）

861.57　　110007734

ISBN 978-957-13-9014-7
Printed in Taiwan